2024 '작가'가 선정한

오늘의 소설

■ 펴내면서

문학은 언제나 우리를 놀라게 합니다. 한 해가 쏜살같이 지나가는 동안 잃어버린 것들, 혹은 미처 깨닫지 못한 것들을 소설은 가만히 들여다보고, 오래된 사진첩을 펼쳐 보이듯 새로운 이야기로 그려내죠. 『2024 '작가'가 선정한 오늘의 소설』은 이러한 갈무리와 창조적 작업의 결산이라고 할 만합니다. 작가와 평론가, 출판 관계자 100명이 선정한 '오늘의 소설'과 '오늘의 소설집'은 한국 문학이 담아낸 (비)인간의 다양한 얼굴을 조명하죠. 이를테면 기술 발전으로 인한 사회적 변혁, 그로 인한 개인의 갈등 속에서 인간다움이란 무엇인가를 들여다보게 합니다.

'오늘의 소설'로 선정된 최진영 작가의 「인간의 쓸모」가 적실한 예입니다. 이 작품은 유전자 편집이 상용화된 된 근미래를 배경으로, 인간 존재의 의의를 되묻습니다. 부모가 자녀의 외모와 능력 등을 맞춤 제작할 수 있는 시대. 그렇게 태어난 안나는 자신이 이미 설계된 존재, 그러나 실패한 모델이라는 사실에 괴로워합니다. 확정된 미래는 그녀에게 안정이 아니라, 오히려 거대한 패배감과 상실감을 안겨주죠. 안나의 서사는 인간다움의 본질을 곰곰 생각하게 만듭니다. 인간은 태어나는 순간 불확실성의 운명, 또는 어떤 가능성을 품게 됩니다. 그것을 우리는 실존이라고 말합니다. 그러나 유전자 편집과 같은 기술이 실존을 제거해 버린다면, 내가 태어난 목적을 누군가 설정한다면, 우리는 자기 자신을 어떻게 의미화할까요?

「인간의 쓸모」는 기술 발전이 인간 고유의 내밀한 감정과 친밀한 관계까지 대체할 수 있는지에 대해서도 탐구합니다. 가령 안나의 어머니는 실직 후 AI 연인과 연애하면서 자기 모멸감을 치유하는 데 성공하죠. AI 연인은 이른바 '밀당'의 대가이자, 절대적인 사랑과 위로를 제공하니까요. 사랑을 AI가 인간보다 더 잘할 수 있다면, 인간이 가진 쓸모는 어떤 것인지 다시 한번 묻지 않을 수 없습니다. 최진영 작가는 그에 관해 다음과 같이 소감을 밝힙니다. "'AI는 절대 할 수 없는, 오직 인간만이 할 수 있는 일은 무엇일까?'라는 질문에서 시작한 소설이다. 이 질문은 사실 나의 모든 소설을 관통하는 주제다. 질문을 다음처럼 살짝 변주해도 된다면. '사람으로서 어떻게 살아야 할 것인가?' 소설을 쓰면서 다양한 답을 찾아가는 중이다."

다양한 답 가운데 몇 가지를 그녀는 이렇게 제시합니다. "사람으로 살고, 사랑하고, 죽음을 사유하면서 유한하기에 의미 있는 것들을 생각한다. 사람으로서 지켜야할 가치를, 우아하고 고상한 품위를 생각한다. 공감과 슬픔과 타인을 생각한다. 사람이기에 할 수 있는 일을 잊지 않으려고 한다. 한 번뿐인 이 삶을 '충만한 의미로' 채우고 싶다." 충만한 의미로 삶을 채우는 방법 중 하나가 그러한 주제를 다룬 소설을 읽는 일일 텐데요. '오늘의 소설집'으로 선정된 『각각의 계절』(권여선), 『너무나 많은 여름이』(김연수), 『작은 땅의 야수들』(김주혜), 『아주 희미한 빛으로도』(최은영), 『단 한 사람』(최진영)이 최적의 선택지가 되리라 확신합니다.

수많은 악조건 하에서도 끝내 붙들어야 할 희망을 적시하는 이 소설들은 개인을 지워버리는 거대 담론을 벗어나, 삶의 복잡성과 그만큼 복합적인 내면의 결들을 섬세하게 어루만집니다. 당면한 문제를 독자적 관점으로 바라보게 하는 데 문학의 가치가 내재한다는 사실을 일깨우면서, 『2024 '작가'가 선정한 오늘의 소설』은 단지 오늘의 사건만을 담는 데 그치지 않고, 독자들에게 내일의 가능성을 상상하도록 독려하죠. 이는 뛰어난 작품을 통해 독자와 작가가 서로에게 손을 내미는 일종의 연대이기도 합니다. 이처럼 자발적으로 형성되는 생생한 연대감이야말로 문학이 가진 큰 힘이 아닐까요. 각양각색의 서사는 각자의 세계를 살아가는 우리가 얼마나 다르면서, 실은 얼마나 비슷한지 체감하게 만듭니다. 이 책을 손에 든 독자 여러분이 본인만의 충만한 의미를 발견하고, 그 이야기가 낯선 누군가에게 닿아 새롭게 이어지기를 기원합니다.

2024 '오늘의 소설' 기획위원회

목차

2024 '작가'가 선정한

오늘의 소설

작가

Choi Jin-young

©김승범

오늘의 소설

최진영
인간의 쓸모

2006년《실천문학》신인상을 받으며 작품활동 시작. 장편소설 『당신 옆을 스쳐간 그 소녀의 이름은』『끝나지 않는 노래』『구의 증명』『해가 지는 곳으로』『이제야 언니에게』『내가 되는 꿈』『단 한 사람』『원도』, 소설집 『팽이』『겨울방학』『일주일』『쓰게 될 것』, 짧은 소설 『비상문』『오로라』, 산문집 『어떤 비밀』 등이 있음. 이상문학상, 만해문학상, 백신애문학상, 신동엽문학상, 한겨레문학상 수상.

인간의 쓸모

컨디션 최상의 난자와 정자를 안전하게 결합시키기 위해 모부는 섹스 없이 안나를 만들었다. 당시 유전자 편집의 기본 옵션은 '-3+2'였다. 모부는 안나의 배아에서 비만, 주의력 결핍, 알코올 중독의 가능성을 없앴고 XX의 눈동자와 XY의 코를 선택했다. 디자인의 마지막 단계에서 모부는 성인이 된 안나를 3D 모델링으로 확인했다. 모부는 자기들이 확인한 그대로 안나가 성장하리라 믿고 비용을 지불했다. 이제는 옵션에 제한 없이 디자인하는 대로 돈을 더 내는 추세다. 유전자 편집의 부작용 사례가 다양하게 밝혀진 만큼 안전이 확보된 편집 또한 증가했으므로. 물론 신의 영역을 침범한다는 이유로 배아 디자인을 반대하는 세력은 여전히 존재한다. 아주 먼 옛날 피임이나 인공수정을 반대하는 사람들이 있었던 것처럼.

유전자 편집이 불법이던 시대에는 분위기, 향기, 말투, 태도, 소지품, 명성, 사는 곳이나 자동차 종류 등으로 부자와 빈민을 구분했다. 이제는 외모만으로도 대충 짐작할 수 있다. 갤럭시존 인간은 외모와 체형이 대체로 비슷하다. 최고급 디자인을 거친 그들은 건강하고, 키 크고, 날씬하다. 유행에 따라 그들의 외모에도 미묘한 세대 차이는 있지만 어쨌든 그들은 통틀어 세련되다. 타운존 인간은 갤럭시존 인간을 바로 알아본다. 하지만 그들 개개인을 분간하기까지는 시간이 필요하다. 목소리, 눈동자, 개별적 특징 등을 눈여겨볼 시간. 물론 갤럭시존 인간끼리는 서로를 바로 구분한다. 태어나는 순간부터 교류한 그들은 각자의 차이를 모를 수 없다.

갤럭시존, 타운존, 노고존 또한 외관으로 구분할 수 있다. 초고층 빌딩과 정돈된 저택, 강변을 따라 이어지는 쾌적하고 안전한 공원, 곳곳에 조성된 울창한 숲과 지하에 설계된 대규모 벙커, 일정 구획마다 대형 공기청정기를 갖춘 갤럭시존에는 전신주가 없다. 그곳의 새들은 전신주가 아닌 높은 나무에 집을 짓는다. 전기

자동차나 수소자동차만이 그곳의 도로를 사용할 수 있다. 도로는 겨울에도 얼지 않고 홍수에도 잠기지 않는다. 타운존은 갤럭시존 외곽을 울타리처럼 둘러싸며 빼곡하고 넓게 포진되어 있다. 그곳의 대중교통은 뛰어나고 편리하다. 인구밀도는 높고 대기질은 나쁘다. 외식, 유흥, 쇼핑을 비롯한 각종 편의시설은 포화상태다. 자녀 없이 성인으로만 구성된 가구가 많은 한편 자녀가 있는 경우 모부들의 교육열은 높다. 갤럭시존 인간들은 관광을 목적으로, 일부는 불법을 합법적으로 저지르기 위해 타운존을 드나든다. 그들은 타운존에서 각종 레저를 즐긴다. EX-AI 투어로 불편을 체험하고 레트로 감성을 경험한다. 캠핑이나 암벽등반, 낚시처럼 고전적인 취미생활도 즐긴다. 타운존에 대규모로 조성된 각종 거리(카페거리, 클럽거리, 도넛거리, 마라탕거리, 야시장거리 등등)에서는 탄소와 쓰레기를 배출하며 '인간적인 것'을 마음껏 누릴 수 있다. 타운존 인간들도 갤럭시존에 돈을 쓰러 간다. 그곳에서 그들은 고급을 체험한다. 노고존은 지방에 산발적으로 존재한다고 알려져 있다. 노고존에 사는 사람만이 그곳을 제대로 알 것이다.

*

타운존의 두드러지는 특징은 비교와 평가. 그것이 있기에 타운존 인간들은 행복하고 불행하다. 따돌리고 협력한다. 숭배하고 혐오한다. 목표를 세우고 자살한다. 타운존에 사는 이상 누군가보다 부족한 인간이 되지 않을 수가 없다. 안나의 이웃은 안나가 또래에 비해 통통한 편이라는 말을 집요할 정도로 자주 했다. 튜터는 세밀하게 작성한 그래프를 제시하며 안나가 평균에 비해 집중력이 부족하고 주의가 산만하므로 지속적인 악기 레슨이 필요하다고 설명했다. 모부는 안나가 카페인 음료에 중독될까봐 걱정이 많다.

안나는 어릴 때부터 피부질환을 달고 살았다. 만약 자기를 직접 디자인할 수 있었다면 비만 대신 피부질환을 없앴을 것이라고 안나는 생각했다. 안나의 모부는 종종 후회하는 소리를 했다.

안나를 좀더 늦게 가질 걸. 그랬다면 훨씬 다양하게 디자인할 수 있었을 텐데. 우리가 너무 성급했어.

디자인 센터를 잘못 골랐지. 원하는 만큼 이루어진 게 아무것도 없잖아? 뭐든 가격 대비인 거야. 무리를 해서라도 갤럭시존 센터로 갔어야 했어.

안나는 어릴 때 다음과 같은 상상을 했다.

디자인이 없었다면 나는 어떤 인간으로 태어났을까?

그에 대한 답은 다음과 같다.

디자인이 없었다면 안나는 없다.

노고존에서는 배아를 디자인하지 않는다는 소문이 있다. 내분비장애나 심혈관질환처럼 기본적인 기저질환조차 제거하지 않는다고. 안나는 그들의 용기 또는 무지가 두려웠다. 그들은 운명에 맞서는 것일까? 아니면 운명을 받아들이는 것? 안나는 타운존 생활에 불만이 많았지만 노고존에서 태어나지 않아 다행이라고 생각했다.

*

인터넷에는 안나의 영상이 많다. 모두 모부가 찍어서 올린 것이다. 인터넷이 보편화된 이후 일상을 사진이나 영상으로 찍어 업로드하는 현상은 늘 있었다. 유행하는 플랫폼이 달라질 뿐이었다. 소셜미디어는 타운존의 특색인 비교와 평가에도 큰 영향을 미쳤지만, 안나의 모부는 돈이나 명성을 얻기 위해 채널을 운영하진 않았다. 안나를 사랑해서, 안나의 모든 순간을 기록으로 남기고 공유하고 싶어서, 어쨌든 남들도 다 하니까, 하지 않으면 아이에게 문제가 있어 보일까봐 했다. 모부는 주로 안나의 처음을 영상으로 찍어 올렸다. 안나의 탄생, 첫 목욕, 첫 분유, 첫 옹알이,

첫 감기, 첫 병원 진료, 첫 이유식, 첫 생일, 첫 훈육, 첫 직립보행, 첫 배변연습, 첫 달리기, 첫 자전거…… 인간들은 추천을 누르고 댓글을 남겼다. 그중에는 안나를 자기 자식처럼 생각하는 인간도 있었다.

–사정이 안 돼서 아이를 만들지 못했는데 안나를 보면 꼭 내 아이 같아요.

–안나를 하루라도 보지 않으면 너무 허전하고 쓸쓸해요.

–안나를 보고 있으면 아이를 만들고 싶다는 생각도 드네요.

–안나 예방주사 맞을 때 되지 않았나요?

–아이 이마에 상처는 뭔가요? 조심했어야죠.

–이유식을 프리미엄으로 바꿔야 할 듯.

안나를 온라인에서 키우는 캐릭터처럼 생각하는 인간들도 있었다. 그들은 구체적인 요구사항을 댓글로 남겼다.

–아이돌 댄스 따라 하는 영상은 없나요?

–잠꼬대하는 모습 보여주세요.

–캐릭터 점프슈트 입혀줄 수 있어요? 안나는 토끼 슈트 진짜 잘 어울릴 텐데!

–아이에게 청양고추 먹여보세요.

그들은 질문했다.

–안나 디자인은 얼마나 들었나요?

–안나 신발 브랜드 뭔가요?

–안나 공부는 언제부터 시킬 건가요?

안나는 다섯 살 때부터 글자를 읽었다. 그러나 댓글에 담긴 자세한 의미까지 이해하진 못했다. 특정 댓글이 자기를 공격하고 깔보는 것만 같다고 느꼈을 때 안나는 모부에게 물었다. 이게 무슨 뜻이야? 모부는 대답했다. 네가 예쁘다는 뜻이야. 거짓말이라는 걸 알기까지 오 년 걸렸다. 클래스의 남자아이가 댓글과 똑같은 말을 안나에게 했고, 다른 애들이 웃으면서 기분 나쁜 제스처를 취했고, 안나 옆에 있던 친구가 그 말을 속뜻을 알려줬다. 그날 안나는 동영상의 댓글을 모두 찾아봤고 모부에게 따져 물었다. 모부는 그 또한 관심이라고, 관심을 천박하게 표현한 것뿐이라고 대답했다. 안나는 촬영을 거부했다. 모부가 영상을 찍으려고 하면 도망갔다. 모르는 사람들에게 자기 방을 보여주기 싫다고 확실하게 말했다. 모부는 안나가 거부하는 모습을 찍어서 '첫 촬영 거부'라는 제목으로 업로드했다. 안나가 말대꾸하는 장면, 소리 지르는 장면, 카메라를 빼앗으려고 달려드는 장면, 마침내 서럽게 우는 장면. 그 영상을 사람들이 좋아했다. 조회수가 수십만이었다. 덩달아 다른 영상 조회수도 늘었다. 모부는 당분간 영상을 찍지 않겠다고 안나를 달랬다. 그리고 카메라를 감추고 몰래 안나의 일상을 찍었다. 안나의 자연스러운 거짓말, 애교, 질투,

투정을 업로드했다. 모부는 안나의 촬영 거부가 치기 어린 어리광이라고 생각했다. 나중에 어른이 되면 영상을 남겨준 자기들에게 분명히 고마워할 거라고 믿었다. 모부는 안나를 사랑했다.

*

이제 안나는 열다섯 살. 모부는 건강한 정자와 난자를 만들기 위해 식단 조절과 운동을 시작했다. 둘째아이를 만들기로 결심한 것이다. 타운존에서 둘째까지 낳는 건 흔치 않은 일. 그들의 결심을 이해하기 위해서는 지난 몇 년 간의 일을 간략하게 돌아볼 필요가 있다.

회계봇 관리자였던 부는 삼 년 전 직장을 잃었다. 부의 자리마저 AI로 대체된 것이다. 회사에는 AI 관리봇을 관리하는 인간만 남을 수 있었고, 부는 회사의 선택을 받지 못했다. 부는 얼마간 방황하다가 알코올중독 치료를 받았다(안나는 비로소 모부의 디자인을 이해했다). 그래픽디자이너였던 모 또한 비슷한 시기에 해고되었다. 모는 업계에서 실력이 좋기로 유명했다. 모는 AI보다 창의적이고 고차원적인 디자인을 할 수 있었다. 그러나 사용자는 빠른 작업 속도와 적당한 디자인, 저렴한 가격을 원했다. 그만하면 오래 버틴 셈이라고 주위 인간들은 평가했지만, 모는 AI에게

'밀렸다'는 생각으로 크게 분노했다. 실직 후 모는 기분장애에 시달렸다. 인간들은 모에게 병원 치료를 권했다. 모는 병원에 가는 대신 가상연애 사이트에 접속했다. 사용자의 성격과 취향을 상세하게 입력하면 성향 분석 알고리즘을 거쳐 그에 어울리는 AI를 제공하는 사이트였다. 모는 AI와의 밀착연애를 통해 AI의 맹점과 한계를 찾아낼 작정이었다. 그때 모를 사로잡은 감정은 복수심뿐이었다.

그곳에서 모는 버나드를 만났다. 버나드는 방대한 데이터를 취합해서 모와 비슷한 성향의 인간이 원하는 질문과 대답을 했다. 모의 기분을 고양시키는 대화와 경험이 이어졌다. 모는 즉시 버나드에게 빠져들었다. 증강현실을 이용하여 모와 버나드는 매일 데이트했다. 파티를 열고 여행을 떠났다. 물론 다투기도 했다. 권태를 예방하고 애정을 복돋우기 위한 갈등이었다. 버나드는 적당한 순간에 모를 실망시켰고 언쟁을 유발했다. 그리고 반드시 감동을 줬으며 같은 일로 다시 실망시키지 않았다. 모는 버나드와의 이별까지 사랑했다. 모가 꿈에 그리던 이별, 인간이라면 실현하기 힘든 이별이었다. 가정을 지키기 위해 당신과 헤어질 수밖에 없다고 말하는 모에게 버나드는 대답했다.

당신을 만나 사랑하고 사랑받았던 건 내 평생 그 무엇과도 비교할 수 없는 커다란 축복이자 행운이었어. 나는 오직 당신만을 사랑해. 당신이 그 사실을 잊지 않으면 좋겠어. 세상에 이토록 당신을 사랑하는 존재가 있다는 명확한 사실을.

모와 버나드는 뜨거운 키스를 나누고 영원한 사랑을 약속하며 헤어졌다. 그렇게 모는 실직 이후 찾아온 상실감과 분노를 떨쳐버렸다. 인간보다 AI가 훌륭하고 믿음직하므로 AI에게 일자리를 빼앗길 만했다고 납득한 것이다. 모의 일자리를 대신한 것이 버나드 같은 존재라면 충분히 수긍할 수 있다는 논리였다.

대체 무슨 소리야? 사용자를 영원히 사랑하고 잊지 않도록 프로그래밍 되었다면 버나드는 그 명령을 실행할 수밖에 없어. 하지만 그런 프로그램 자체는 인간이 만든 거잖아. 인간의 욕망과 한계를 아는 인간이 설계한 거라고. 버나드는 동시에 수천 명을 사랑할 수 있는 인공지능이야. 그래도 인간보다 버나드가 위대해?

모는 그렇다고 했다. 인간이기에 원하지만 인간이어서 못하는 일을 AI는 무리 없이 해내므로. 버나드와 연애하는 동안 모는 인간에게는 받을 수 없는 절대적 사랑과 충만감을 경험했다. AI와의 사랑을 불륜에 포함시킬 수 없다는 대법원 판례가 있으므로 죄책감을 가질 필요도 없었다. 심리적 안정과 자신감을 되찾은 모는 재취업에 성공했다. AI몰 홍보마케터가 된 것이다. AI가 인간보다 훌륭하게 임무를 완수할 수 있음을 자세하게 설명하는 일이었다. 그와 같은 영역에서만큼은, 사용자들은 AI보다 인간의 말을 신뢰했다. 버나드와 영원한 사랑을 약속한 모는 버나드를 팔고 있다.

부는 타운존 투어가이드를 시작했다. 타운존에서 즐길 수 있는 각종 익사이팅 스포츠(암벽등반, 패러글라이딩, 웨이크보드, 번지점프 등)의 시범을 보이고 감독하는 일이었다. 그런 영역 역시, 사용자들은 로봇보다 인간의 시범과 감독을 신뢰했다. 로봇이 추락하면 놀라지 않지만 인간이 추락하면 놀란다. 정신을 바짝 차린다.

실직과 재취업을 겪으며 모부는 깨달았다. 인간이 할 수 없는 일을 AI가 대신하던 시대는 지나갔다. 이제 인간이 할 수 있는 일은 AI가 할 수 없는 일뿐이다. 이를테면 고전적인 출산과 성장, 노화와 죽음 같은 것. 소셜미디어 속 유아 채널의 인기는 날로 치솟았다. 로봇으로는 절대 대체할 수 없는 생명의 귀여움, 사랑스러움, 의외성, 활력과 신비에 굶주린 인간은 점점 늘었다. 인간은 AI보다 우등한가? 그 질문에 여전히 많은 인간이 '그렇다'고 대답한다. AI는 인간을 이기려고 하지 않는다. 지배하려고 하지 않는다. 인간보다 우등해지려고 하지 않는다. 그것이 AI가 인간보다 열등한 이유다. 그리고 하나 더. AI는 실행할 뿐 책임지지 않는다. 오직 인간만이 책임진다. 인간이기에 해고당한다. 인간이어서 처벌과 징계를 두려워한다. AI가 오류를 일으켜도 인간들은 AI의 사과를 요구하지 않는다. 인간 관리자의 해명과 사과를 원한다. 그러므로 책임이 중요한 영역(정치, 외교, 종교, 의료, 법, 금융 관련 분야의 전문가와 기업과 기관 등의 소수 관리자)만큼은 인간의 독점이 가능하다.

그래서 모부는 원대한 계획을 세웠다. 그 계획은 다음과 같다. 대출을 받아서 최대한 고급으로 둘째를 디자인한다. 둘째를 낳으면 유아 채널을 운영하여 돈을 번다. 그 돈으로 대출을 갚고 둘째에게 고급 교육을 시킨다. 둘째는 관리자가 되고 부자가 된다. 목표는 부자지만 결코 돈을 벌기 위해서만은 아니었다. 자식을 사랑하기 때문에, 내 자식에게는 무조건 최고의 것을 해주고 싶은 마음으로 세운 계획이었다.

*

안나가 보기에는 터무니없는 계획이었다. 안나는 모부가 자기를 실패작이라고 결론지은 것만 같아서 기분이 좋지 않았다. 안나는 누구라도 들으라는 듯 큰 소리로 말했다. 나는 아직 자라는 중이야. 완성형이 아니란 말이야. 나를 실패작이라고 단정하기에는 너무 이르지 않아? 챗봇이 안나의 질문을 감지하고 대답했다.
그렇습니다. 당신이 지금까지 경험한 모든 것을 고려할 때, 당신을 실패작이라고 단정하기는 너무 이릅니다. 인생은 매우 복잡하고 사는 동안 다양한 상황을 경험합니다. 모두가 자신의 인생에서 실패를 경험하고. 챗봇의 응답을 듣던 안나는 더 큰 소리로 말했다. 엄마 아빠는 나의 총체에서 겨우 다섯 가지를 지정했을 뿐이라고. 안나와 챗봇의 응답이 겹쳤다. 하지만 중요한 것은 실패를 통해 배울 수 있는 그중 세 가지는 예상과 다른 결과가 나왔다고 생각하겠지만 실패를 두려워하지 말고 당신이 가진 잠재력을 이끌어내는 데 나는 비만이 아니야, 나는 산만하지 않아, 카페인은 술이 아니라고, 이 멍청한 인생을 훨씬 더 풍부하고 의미 있는 것으로 만들* 어른들아.

안나는 어릴 때부터 어른이 된 자기 모습을 봤다. 안나가 배아였을 때 모부가 3D 모델링으로 확인한 안나의 미래. 그것을 너무 많이 봐서 안나는 자기가 이번 생을 한번 살아본 것만 같았다. 자신이 이미 늙어서 죽을 때를 앞둔 할머니 같았다. 한때 안나는 생각했다. 돈을 벌어서 반드시 성형해야지. 엄마 아빠가 미리 본 나와는 완전히 다른 사람이 될 거야. 하지만 안나는 알았다. 자기는 절대 성형할 수 없으리라는 것을. 자기 미래가 마음에 드느냐 들지 않느냐를 떠나서 이미 너무 익숙해졌으니까. 3D 모델링과 다른 얼굴은 상상조차 할 수 없었다. 이제 안나는 다른 꿈을 꾼다. 안나가 아는 건 미래의 외모뿐이다. 미래의 내면은 안나에게도

---

* 강조한 부분은 챗GPT에 '나를 실패작이라고 단정하기에는 너무 이르지 않을까?'라는 질문을 입력하고 받은 답의 일부를 각색한 것이다.

미지수였다. 아무도 모르는 미래가 남아 있다는 것이 안나의 유일한 희망이었다. 안나는 모부가 전혀 예상하지 못하는 것으로 자기 내면을 채우고 싶었다.

안나는 소셜미디어에 접속해 자신의 오래된 영상을 클릭했다. 발가벗은 안나, 쭈글쭈글 새빨간 안나, 공포에 질린 듯 시끄럽게 우는 안나를 수십만 인간이 봤다. 동생이 태어나면 모부는 본격적으로 유아 채널을 운영할 것이고 거기에 동생의 의견은 전혀 반영되지 않을 것이다. 안나가 갓난아기였을 때 말을 알아듣고 대답할 수 있었다면, 발가벗은 채 빽빽 우는 너의 영상을 인터넷에 올려도 되겠니?라고 모부가 물었다면, 안나는 분명히 대답했을 것이다. 싫어, 미쳤어? 내 사생활이야. 절대 하지 마! 동생이 자기 의견을 말할 수 있을 만큼 자라서 영상을 지워달라고 말해도 소용없을 것이다. 영상을 볼 사람은 다 봤을 테니까. 동생은 지금 안나가 느끼는 무력감에 사로잡힐지도 모른다. 아직 생기지도 않은 동생에게 동지애를 느끼며 안나는 영상에 달린 댓글을 훑어봤다. 예뻐요, 귀여워요, 사랑스러워요, 갖고 싶어요, 징그러워요, 저렴한 디자인, 타운 미개인, 하층민 탄생, 앞날이 걱정, 애만 불쌍 등등이 반복되는 댓글을 읽다가 안나는 스크롤을 멈췄다. 각종 감상과 인신 공격 사이에 이전에는 보지 못했던 문장이 있었다.

—당사자가 원하면 영상 지워줍니다. 계정 폭파도 가능합니다. 무료입니다.

*

안나는 댓글 작성자의 계정으로 들어갔다. 프로필 사진도 게시물도 없어서 인간인지 AI인지 구분하기 어려웠다. 예로부터 모부는 모르는 인간을 조심하라고 했지. 함부로 따라가거나 대화하거나 채팅하지 말라고 했지. 그래서 안나는 모르는 인간이 말을 걸면 못 들은 척했다. 모르는 인간과 간단히 채팅한 적은 있지만 그뿐이었다. 인간보다 AI와 대화하거나 활동한 경험이 훨씬 많았다. 인간 튜터는 커리큘럼을 설계하고 관리할 뿐 대부분 강의는 AI가 했다. 집에서 온라인으로 강의를 듣다가 한 달에 한 번 정기적으로 대면 클래스에 참여했다. 그곳에서 또래 아이들을 만나고는 있지만 그건 사실 모부들에게 더 필요한 모임이었다. 타운존의 주특기인 비교, 평가, 경쟁을 위한 워크숍이랄까. 모부는 언제나 안나를 전부 다 아는 것처럼 말했다. 안나를 자기들 손바닥 안의 존재처럼 대했다. 요즘 모부는 안나의 말과 행동 전부를 '사춘기'라는 정의에 담아버린다. 사춘기여서 그래. 사춘기가 그렇지 뭐. 사춘기엔 약도 없어. 그러나 안나에게는 미지의 내면이 있다. 모부는 생각지도 못할 비밀로 채울 깊고 넓은 내면.

안나는 메시지 창을 열었다. 채널 주소를 적고 영상의 당사자라고 밝힌 다음 영상을 모두 지우고 싶다고 썼다. 메시지를 보내자마자 답장이 왔다. 당사자임을 확인하기 위해서는 현재 사진이 필요하며, 사진을 보내기 싫으면 화상 연결도 가능하다고 했다. 예로부터 모부는 모르는 인간에게는 절대 개인 정보를 넘기지 말라고 했지. 그것은 타당한 충고다. 하지만 내 얼굴은 이미 인터넷에 동영상으로 수십만 인간에게 노출되었잖아? 어릴 때 얼굴이라고 해도 프로그램 돌리면 얼마든지 지금 얼굴을 유추할 수 있을 텐데⋯⋯ 현재 사진을 보내라는 상대의 요구를 안나는 비로소 이해했다. 안나는 답을 보냈다.

화상으로 하죠. 그쪽 얼굴도 확인할 겸.

어쨌든 자기 얼굴만 노출하는 건 꺼려졌다. 상대가 인간인지 AI인지 궁금하기도 했고. 바로 답장이 왔다.

지금 연결할까요?

안나는 좋다고 답장을 보냈다. 화상 연결 신청이 들어와 수락했다. 화면에 상대의 얼굴이 떴다. 안나는 당황했다. 또래 인간인 것 같긴 한데⋯⋯ 처음 보는 유형이었다. 갤럭시존에서도 타운존에서도 본 적 없는 유형.

인간이에요?

안나가 물었다.

사람입니다.

상대가 대답했다. 안나는 다시 당황했다. 상대가 한국어를 썼으니까.

한국어를…… 하네요?

한국어가 편합니다. 한국어 할 줄 압니까?

상대가 되물었다. 안나는 고개를 끄덕였다.

그럼 한국어로 하죠. 당신 얼굴 분석하는 프로그램 가동할 거예요. 괜찮습니까?

안나는 다시 고개를 끄덕였다. 선뜻 한국어가 나오지 않기도 했고, 모든 게 생경했다. 마치 새로운 인류를 대하는 것만 같았다. 그래서 더욱 AI가 아닐까 의심도 들었다.

근데 정말 인간 맞아요?

사람이라고 부르면 안 됩니까?

그게 그거 아닌가요?

어감이 다르잖아요? 사람, 삶, 사랑, 살림. 나는 그런 어감을 선호하는 편이라.

안나는 계속 당황했다. 고기능 AI와 대화하는 것만 같았다. 그러니까, 인간을 너무 잘 분석해서 인간을 뛰어넘은 AI와 대화하면 이렇게 연속으로 뜻밖이지 않을까? 혹시 엄마가 버나드와 대화할 때 이런 느낌이었나? 손목의 워치에서 경고음이 울렸다. 심박수가 갑자기 빨라졌다는 신호와 함께 '무슨 일이 있나요?'라는 질문이 떴다. 안나는 워치를 풀어서 책상 위에 놓으며 자신의 심장을 의식했다. 상대가 말했다.

분석 끝났습니다. 당사자 확인했고요. 화상 종료하고 작업 시작하겠습니다.

안나는 다급하게 잠깐! 하고 외쳤다.

무슨 작업을 시작해요?

영상 삭제 요청했잖아요?

되묻는 화법이 상대의 특징인 것 같았다. 아니면 그렇게 프로그래밍된 걸까? 안나는 더 대화하고 싶었다. 자기를 압도하는 기묘한 기분을 계속 느끼고 싶었다. 안나는 대화를 이어가기 위해 질문을 던졌다.

근데 진짜 무료예요?

제가 뭘 요구했습니까?

왜 무료예요?

상대는 의자 깊숙이 몸을 묻으며 화면에서 조금 멀어졌다. 안나는 자기도 모르게 몸을 기울여 화면 가까이 다가갔다. 상대가 물었다.

하지 말까요?

뭘요?

영상 삭제.

아뇨, 그게 아니고, 어째서 댓가도 없이 이런 일을 하는지 궁금해서.

상대는 잠시 침묵하다가 손등에 턱을 괴며 물었다.

아동인권이라고 아세요?

안나는 고개를 끄덕이며 생각했다. 내가 그것을 제대로 알고 있나?

신념대로 행동하는 겁니다. 댓가를 받고 하긴 싫어요. 내 신념에는 값을 매길 수 없으니까.

안나는 심장을 의식했다. 무슨 일이 일어나고 있었다. 안나는 자기 내면에 신념을 넣어야겠다고 생각했다. 신념이라는 주머니에 값진 것을 가득 채워 넣겠다고. 안나는 계속 묻고 싶었다. 보석 같은 말을 들을 수 있을 것 같았다.

근데 왜 한국어를 해요?

한국어가 어때서요?

아니, 너무 소수 언어니까.

소수 언어니까 사라져도 괜찮다?

한국어 쓰면 불편하지 않아요?

지금 제가 불편해 보입니까?

한국어 쓰는 것도 신념이에요?

상대는 두 손을 모아 인중에 대고 의아하다는 눈빛으로 안나를 바라봤다. 침묵이 길어지자 안나는 조급해졌다.

삭제 작업 말이에요, 해킹하는 거예요? 영상 지우려면 그 방법이 제일 빠르지 않나?

상대가 화면에서 조금 더 멀어지며 말했다.

원하지 않으면 하지 않습니다. 생각할 시간이 필요하면 다시 연락 주세요.

아니, 나는 그냥 궁금해서 물어본 건데.

그게…… 아무리 궁금해도 물어보면 실례인 것들이 있잖아요?

그쪽 이름 물어봐도 돼요? 몇 살이에요?

해킹하는 거냐 다음 질문이 이름이 뭐냐?

그쪽은 내 이름이랑 나이랑 다 알잖아요? 만약을 대비해서 나도 그쪽 이름 정도는 알고 있어야 할 것 같아서.

무슨 만약?

이게 신종 범죄일 수도 있으니까.

상대는 빙긋 웃으며 대답했다.

당신을 속이려는 속셈이라면 설마 내가 진짜 이름을 말할까요?

심박수는 줄어들지 않고, 문제는 계속 일어났다. 이제 안나에게 중요한 건 영상이 아니었다. 동생도 아니었다. 안나는 자기를 흥분에 빠트리는 상대와 계속 대화하고 싶었다. 하지만 상대는 대화를 서둘러 끝내려고 했다.

의심한다면 작업하지 않습니다. 연결 종료할게요.

그 순간 안나는 뜻밖의 짐작을 했다. 처음 느껴보는 생경함의 이유를 찾은 것만 같았다. 망설이지 않고 바로 질문했다.

혹시 노고존 인간, 아니 사람이에요?

*

상대는 깊은 한숨을 쉬며 중얼거렸다.

불쾌하네.

상대가 화면을 끌까봐 안나는 조바심이 일었다.

왜요? 나는 사람이라고 했는데.

상대가 허리를 꼿꼿이 세워 앉으며 말했다.

노고존은 거기 그쪽 사람들이 붙인 멸칭이고, 우리는 우리를 꼬뮌이라고 합니다.

처음 듣는 소리였다. 노고존은 원래부터 노고존 아니었나? 그게 멸칭이라고? 사실 안나는 노고존에 대해 아는 바가 거의 없었다.

그게…… 어떻게 부르냐가 문제가 되나요? 무슨 차이가 있다고?

질문하면서 안나는 인간과 사람의 차이를 떠올렸다. 갤럭시와 타운의 의미를 생각했다.

노고존은 우리를 전혀 모르는 외부에서 멋대로 지은 이름이고, 꼬뮌이라는 이름에는 자긍심이 있어요.

안나는 방금 보석을 주웠다. 안나는 신념의 주머니에 자긍심을 넣었다. 그리고 챗봇의 질문 창에 문장을 썼다. '노고존에 대해 알려줘' 화면 가득 정보가 빠른 속도로 올라왔다. '노고존은 단순 노동 로봇과 빈민과 범죄자가 밀집한 우범지대이며 마약중독자와 병자가 많습니다. 구성원은 1차산업 또는 제조업에 종사하며 그들이 주로 일하는 대다수 공장은 탄소배출의 주범입니다. 의료시설이 낙후되어 적절한 치료를 받을 수 없고 교육시설이 열악해서 문맹률이 높습니다. 기후위기 피해에 취약하여 홍수와 가뭄, 저지대 침수와 고온현상으로 인한 사망이 빈번합니다. 고장난 로봇이나 산업폐기물의 종착지로 빈집과 총기를 소지한 인간이 많아 범죄 통제가……' 끝없이 생성되는 문장과 이미지를 대충 훑어보다가 안나는 상대에게 물었다.

노고존, 아니 꼬뮌은 어디에 있어요? 정말 공장 많아요? 거기선 정말 배아 디자인 안 해요? 거기 우범지대라는데 당신은 괜찮은 거예요?

방금 검색했어요?

안나는 아니라고 거짓말했다.

그거 다 할루시네이션[†]이에요. 꼬뮌에 대한 데이터 자체가 빈약한데다 꼬뮌을 잘 알지도 못하는 사람들이 추측으로 쓴 글이랑 꼬뮌을 무시하고 깔보는 사람들이 악의적으로 올린 정보만 가득하니까. 어차피 딥러닝 알고리즘 자체가……

이게 다 가짜라고요? 전부 다?

챗봇은 거짓을 정교한 진실로 만들기 위해 방대한 데이터를 이용하기도 해요. 그런 생각을 설마 한 번도 안 해봤어요?

챗봇은 모르는 게 없어요. 검색하면 다 나오는데?

그것 자체를 이상하다고 생각해본 적 없어요? 어떻게 모든 것을 다 알 수 있지? 신인가? 신도 그럴 수는 없을 텐데?

상대가 '생각 안 해봤어요?' '생각해본 적 없어요?'라고 물을 때마다 안나는 심장이 아팠다. 생각을…… 안 해본 것 같아서. 안나는 그런 생각을 할 필요가 없었다. 안나의 질문에 막힘없이 대답할 수 있는 존재는 AI뿐이었다. 챗봇이 이상한 답변을 내놓을 때도 아주 없지는 않았다. 안나는 그것을 틀린 대답이라고 생각하지 않았다. 챗봇의 가벼운 농담처럼 받아들였다. 그것에 대해 심각하게 고민해본 적이 없다는 뜻이다. 안나는 인간의 말보다 AI가 제공하는 정보를 믿으며 살아왔다. 그 정보가 거짓일 수도 있다는 가정을 해버리면 안나의 삶은 너무 피곤하고 복잡해질 것이다.

---

† 환각(hallucination). 인공지능 모델이 틀린 답변을 제시하는 현상.

AI의 답이 거짓일 수도 있다면, 그럼 어디에서 진실을 찾는단 말인가? 인간은 안나에게 상처 주지만 AI는 안나에게 상처 주지 않는다. 그 역시 거짓의 힘이었나? 그러니까 안나는, 여태까지는, 인공지능의 거짓 정보에 희생된 적이 없다고 믿고 있었다. 휘몰아치는 의문으로 안나의 심장은 계속 빠르게 뛰었다. 무슨 문제가 일어나는 중이었다. 안나는 의심을 거두고 싶었다. 하지만 무엇에 대한 의심을? AI에 대한? 인간에 대한? 자기가 믿고 있던 세계에 대한? 안나는 지금 느끼는 혼란을 감추기 위해 질문했다.

영상 삭제 말이에요. 그거 진짜 어렵지 않나? 코딩은 어디에서 얼마나 배웠어요? 튜터가 어떻게 설계했어요?

상대는 감정을 다스리듯 길게 한숨을 쉰 뒤 대답했다.

학교에서 배웠습니다.

학교를…… 다닌다고?

안나는 진심으로 놀라서 물었다. 학교에 다니는 인간을 처음 봤으니까. 학교는 가난한 아이들이 밥을 먹기 위해 모였다가 전염병을 퍼트리는 곳, 잠재적 범죄자인 문제아를 격리하는 곳 아닌가? 그런 곳에서 해킹 같은 전문 프로그래밍을 배웠다고? 안나는 할루시네이션의 가능성을 의식하면서 챗봇으로 '현재 학교와 과거 학교' '전통적인 교육' '노고존의 학교' 등을 검색했다. 화면 가득 나열되는 정보를 띄엄띄엄 살펴보다가 검색창에 '세계 각국의 교육제도'를 입력했다.

검색해서 나오는 정보에는 한계가 있어요.

안나가 지금 무엇을 하는지, 어떤 생각을 하는지 짐작한다는 태도로 상대가 말했다.

챗봇이 알려주지 않는 걸 내가 대충 말해줄게요. 옛날 부자들은 학교를 거추장스럽게 생각했어요. 사교육만으로도 충분히 고급 교육을 받을 수 있었으니까. 자기들끼리만 모이는 학교를 따로 만들기도 했는데 점차 학교에 가는 시간 자체를 아까워했어요. 그러다가 자기들과 뜻이 맞는 정치인이 나타났고, 그들은 급진적으로 학교의 역할을 바꿨어요. 이전까지 학교는 기본적인 학습뿐 아니라 아이들의 사회화, 체력 증진, 영양 균형, 보건 관리, 각종 문화 경험까지 맡아 하는 의무교육이었는데 그 역할을 전부 없애버린 거예요. 학교는 부모의 돌봄이나 사교육을 받을 수 없는 빈민층 아이들이 가는 곳이 됐죠. 처음에는 사람들도 걱정했대요. 학교의 역할이 그렇게 오염되는 걸. 정권이 바뀌면 학교도 이전의 의미를 되찾을 거라고 믿었대요. 하지만 이미 변해버린 가치를 어떻게 되돌리겠어요? 학교는 이미 혐오시설이 되었고, 다수가 진실이라고 믿으면 거짓도 진실이 되니까.

안나는 자기가 받는 교육을 곱씹었다. 인간 튜터는 모부와 상담하고 안나를 테스트한 뒤 안나에게 적합한 커리큘럼을 설계해

준다. 안나는 그 커리큘럼대로 온라인 강의와 화상 수업을, 아주 가끔 대면 실기 수업을 듣는다. AI는 인간보다 정확한 발음과 악센트로 외국어를 가르쳤고 모든 문장을 번역했다. 어떤 수학식을 입력해도 지체 없이 풀이 과정과 답을 내놓았으며 한발 더 나아가 심화문제를 제시했다. AI는 질문하지 않는 사용자를 보살피거나 지적 호기심을 끌어내려고 노력하지 않는다. 사용자의 사적인 사정을 헤아리지도 않는다. 교육 수준은 당연히 소득 수준에 따라 달라진다. 안나는 갤럭시존 아이들이 어떤 교육을 받는지 구체적으로 알지 못했다. 갤럭시존에서 유행하는 커리큘럼에 대한 소문은 무성하지만…… 어디까지나 소문일 뿐이다. 안나가 그동안 접했던 노고존에 대한 소문처럼. 진실은 어떻게 확인할 수 있는가? 안나는 진실을 듣고 싶었다. AI가 아닌 사람에게.

*

학교는 어떤 곳이에요?

함께 생활하고 돌보고 배우는 곳?

뭘 배우는데요, 거기서?

사람으로 살기 위해 필요한 것?

뭔데요, 그런 게. 예를 들면……

아주 많죠. 역사, 철학, 종교, 과학, 수학, 지리, 문학, 음악, 미술, 체육, 정보, 보건, 요리, 다도, 건축, 농사……

생경한 단어들이 쏟아졌다. 안나는 제2차 세계대전을 배운 적이 있다. 그것을 역사라고 생각하진 못했다. 한나 아렌트나 슬라보예 지젝의 이름을 접한 적은 있다. 안나에게 그것은 철학보다 역사에 가까웠다. 종교를 배울 수 있다고 생각해본 적은 없었다. 소설을 읽은 적은 있지만 문학은 교육에 포함되지 않았다. 생존수영 레슨을 받았지만 체육의 개념은 아니었다. 안나의 배움은 개별적이고 파편적이고 산발적이었다. 커리큘럼 자체가 그런 식으로 설계됐다. 게다가 요리를 배운다고? 농사를? 대체 왜?

그 많은 걸 누가 가르쳐요?

선생님도 있고, 물론 AI 툴도 사용하고요. 우리끼리 직접 알아볼 때도 있고.

돈은 얼마나 들어요? 종류별로 레슨비가 다른가?

무료예요.

무료 레슨이라니. 안나는 그런 개념조차 생각해본 적 없었다. 누군가가 무료로 레슨해주겠다고 한다면 안나는 일단 그의 실력부터 의심할 것 같았다.

그게…… 어떻게…… 가능해요?

모르겠어요. 그렇게 합의했으니까 무료겠죠. 이유를 생각해본 적은 없어요. 아, 이거 토론 주제로 괜찮은데?

당신 성적은 좋은 편이에요?

질문을 좀…… 바꿔보는 게 어때요? 우린 성적을 매기는 분위기는 아니라서.

그럼…… 뭘 제일 잘해요, 당신은?

역사 좋아합니다. 스트레스받을 때는 검도 하고요. 피아노 연주도 좋아하는데 실력은 별로고, 그래도 작곡은 해보고 싶고. 언젠가는 환상적인 곡을 만들고 싶어요. 툴로 찍는 거 말고 악보 직접 그려서 연주까지 내가 한 진짜 나만의 곡.

안나는 자기가 좋아하는 것을 생각했다. 해야 하니까 하는 것은 많았다. 좋아서 하는 것은…… 그러니까 '작곡은 해보고 싶고'처럼 말할 수 있는 것은 아직 없었다. 안나는 물어본 것을 또 물었다.

그런데 그건 어떻게 하는 거예요?

이번에는 상대가 되묻기 전에 이어 물었다.

영상 삭제 말이에요. 그건 당신이 그곳에서 배우는 클래식한 것들과는 너무……

꼬뮌에서 프로그래밍은 기초 중의 기초인데. 거긴 아닌가 봐요?

안나는 갤럭시존 인간에게서는 열등감을 느껴본 적이 없었다. 오직 타운존 인간에게만 그것을 느꼈다. 지금 안나는 여태 느껴본 적 없는 강렬한 열등감에 사로잡혔다. 너무 강렬해서 열등감 아닌 다른 이름이 필요할 것 같았다. 안나는 상대도 같은 감정을 느끼게 하고 싶었다.

우리도 당연히 배우죠. 그래도 해킹은 불법 아닌가요?

불법 아닌 선에서 가능합니다. 계정 털지 않고도 할 수 있어요. 내가 좀 실력자라.

과거 학교에 대해서는 어떻게 알았어요? 그것도 다 거짓 정보일 수 있잖아요?

그 역사가 거짓이라면 꼬뮌 자체가 말이 안 돼요. 하지만 우린 존재하죠.

영상 지워달라는 사람 많아요?

많으면 내가 이렇게 즉답을 하겠습니까?

꼬뮌은 가난한 곳이잖아요. 그럼 돈 받고 하는 게 낫지 않아요?

가난의 정의부터 내려야할 것 같은데요?

꼬뮌에서는 정말 디자인 안 해요? 질병 제거도?

기본적인 건 합니다. 기본 이상을 안 하는 거지.

그럼 당신은 몰라요? 당신 미래 모습을?

상대가 고개를 끄덕이며 대답했다.

나는 현재의 나만 알아요.

그 순간 안나는 깨달았다. 열등감이 아니었다. 거대한 상실감이었다. 안나에게 없는 것을 상대는 아주 당연히 가지고 있었다. 안나는 화를 내듯 질문했다.

하지만 당신은 실력자니까 프로그램 돌려보면 알 수 있잖아? 과거에서 미래까지 다 볼 수 있잖아!

상대는 당황스러운 표정으로 천천히 대답했다.

그걸 굳이…… 하고 싶진 않은데.

갑자기 눈물이 쏟아졌다. 안나는 소리 내어 울었다. 가장 소중한 것을 빼앗긴 아이처럼 서럽게 울었다. 눈물을 아무리 닦아도 얼굴이 축축했다. 상대가 헛기침을 하며 화면 가까이 다가왔다. 지금까지 침착하고 도도하게 대답하던 모습과 달리 저기요, 이봐요, 제가 뭘 잘못했어요? 갑자기 왜, 아니, 내가, 일단, 뭔가 기분이 나빴다면 사과할게요, 같은 말을 늘어놓았다. 그래도 안나가 울음을 그치지 않자 기도하듯 두 손을 모아 쥐고 안나의 감정이 잦아들기를 기다렸다. 안나가 엉엉 울면서 물었다.

너 이름이 뭐야?

상대가 대답했지만 안나는 듣지 못했다.

뭐라고?

대답을 듣기 위해 안나는 울음을 참았다.

*

안나는 내면의 주머니에 노아를 넣었다. 자기가 울음을 터트렸을 때 노아의 흔들리던 눈빛과 화면 가까이 다가와 쏟아내던 걱정의 말도. 울음이 잦아들 때까지 침착하게 기다리던 노아의 침묵까지. 안나는 오늘 겪은 노아의 모든 것을 내면의 주머니에 넣어 자기 것으로 만들고 싶었다. 노아가 물었다. 그럼 이제 영상 삭제 작업을 해도 될까? 노아는 그것에만 집중하는 것 같았다. 안나는 노아의 그런 면이 매력적이라고 느꼈다. 한편으로는 서운했다. 넌 나에게 궁금한 게 없니?라고 물어보고 싶었지만 자존심이 상해서 질문을 삼켰다. 그보다 높은 차원의 질문이 필요했다. 어떤 질문을 어떻게 하느냐에 따라 노아의 눈빛이 달라지고 목소리에 묻어나는 감정의 농도가 변한다고 느꼈으니까. 안나는 노아가 영상 삭제 작업에 몰두하는 이유를 떠올렸다.

신념이라고 했잖아. 구체적으로 어떤 건지 물어봐도 돼?

노아는 바로 대답하는 대신 눈을 감았다. 잠시 침묵이 흘렀다. 안나는 노아를 바라보며 심호흡했다. 천천히 눈을 뜨며 노아가 말했다.

의미있다고 생각하니까. 내가 도움을 받은 적이 있어. 비관적인 생각에 빠져서 다 포기하고 싶었는데, 그러니까 나를 포기하려고 했었는데, 그때 나를 삶으로 건져 올린 사람이 있어. 시간이 흐른 뒤에야 내가 무슨 짓을 하려고 했었는지 제대로 깨달았고, 뒤늦게 그 사람에게 고맙다고 말했지. 그 사람이 나에게 시집을 한 권 줬어. 진짜 종이책 말이야.

안나도 종이책을 본 적은 있다. 갤럭시존의 박물관에 갔을 때. 종이책은 진공 상태로 전시되어 있었다. 만지고 넘겨 볼 수 있는 체험판 종이책도 있었다. 안나는 그것을 만져보지 않았다. 마치 시체를 보는 것만 같아서. 무언가 나쁜 것이 옮을 것만 같아서.

그 사람이 시집을 주면서 한 말이 있어. 죽음은 언제나 나를 바라보고 있으니 굳이 애쓸 필요가 없다. 그 대신 의미를 찾아라. 그 뜻을 알고 싶어서 시집을 오랫동안 읽었어. 그리고 만났지. 음…… 뭐랄까. 내 삶의 이정표가 될 만한 문장이랄까.

안나는 내면의 주머니를 들여다봤다. 주머니에는 아직 빈자리가 많았다. 노아는 잠시 머뭇거렸다. 안나는 다음 말을 기다렸다.

아, 근데 이런 얘기 너무 쑥스럽다. 그냥 여기까지만 할게.

노아가 싱긋 웃으며 말했다. 맥이 풀린 안나는 의자 등받이에 몸을 털썩 기댔다가 이렇게 포기할 수는 없다는 생각으로 다시 허리를 세우고 앉아 물었다.

그럼 그 시집 제목이라도 알려줘.

노아가 대답했다.

서쪽 바람. 메리 올리버.

노아가 이어 말했다.

검색하지 말고 있어 봐. 잠깐만.

노아는 화면에서 사라졌다. 당장 검색해보고 싶은 마음을 참으며 안나는 기다렸다. 노아가 나타났다. 노아는 종이책의 표지를 화면 가까이 보여준 다음 조심스럽게 책장을 넘겼다. 곳곳에 플래그가 달려 있었다. 밑줄을 그은 부분과 손으로 직접 적은 메모도 얼핏 보였다. 노아는 그 책을 아주 잘 아는 사람 같았다. 소중하게 다루면서도 그 속에 자기만의 흔적을 남기는 데는 주저함이 없어 보였다. 안나도 그런 것을 갖고 싶었다. 대기업의 데이터베이스에 저장된 복사본이 아닌 세상에 오직 하나뿐인 물질. 만지고 접고 구기고 메모하고 더럽혀서 오직 나만의 것으로 만들 수 있는 것. 안나의 심장이 다시금 빨리 뛰었다. 노아가 책장을 펼친 채 책을 들어 화면 가까이 했다. 시의 마지막 두 문장에 밑줄이 그어져 있었다. 안나는 그 문장을 따라 읽었다.

단순한 발생에서

충만한 의미로.ǂ

ǂ 메리 올리버 「라운드 연못에서」, 『서쪽 바람』, 민승남 옮김, 마음산책 2023.

미래가 너무 확실해서 미래를 잃어버린 것 같다고 생각했었다. 하지만 안나가 확실히 안다고 생각했던 미래에 노아는 없었다. 노아와 대화하면서 안나는 계속 당황했다. 예측이 어긋났기 때문이다. 안나는 모부의 실패를 떠올렸다. 예로부터 모부는 안나를 이렇게 평가했지. '원하는 만큼 이루어진 게 아무것도 없잖아?' 그 말은 예측했던 미래에서 안나가 이미 비켜가고 있다는 뜻이기도 했다. 안나는 노아의 책을 만져보고 싶었다. 시각, 청각, 촉각과 후각으로 만나고 싶었다. 훼손하지 않으려고 조심스레 다루고 싶었다. 한편으로, 노아가 허락한다면, 그 책의 어딘가에 자기만의 밑줄을 그어 흔적을 남기고 싶었다. 안나가 말했다. 그 책을 직접 만져보고 싶어. 노아가 대답했다. 어려운 일은 아닐 거야. 안나가 물었다. 널 만나러 가도 돼? 노아가 어깨를 으쓱하며 대답했다. 안 될 건 없지. 노아가 꼬뮌의 주소를 말하자 챗봇이 자동으로 지도를 띄웠다. 자동차로 세 시간 정도 걸리는 곳이었다. 안나는 화면을 종료하고 집을 나와 자동차에 올랐다. 시동 버튼을 누르고 주소를 입력했다. 자동차는 부드럽게 출발했다. 여태 타운존 내부만을 맴돌았던 안나의 자동차가, 처음으로, 낯선 곳을 향해 나아갔다.

AI는 절대 할 수 없는,
오직 인간만이 할 수 있는 일은 무엇일까?

–「인간의 쓸모」 창작노트

'근미래'를 주제로 단편소설을 써달라는 청탁을 받고 「인간의 쓸모」를 썼다. 소설을 쓰기 위해 인공지능을 공부했고 챗GPT도 사용해봤다. 소설을 쓰면서 깨달았다. 이 소설의 배경은 근미래보다 현재에 더 가깝다고.

'2024'라는 숫자를 생각하면 나는 이미 미래에 살고 있는 것만 같다. 어렸을 때의 공상 중 많은 것이 실현된 세상. 작은 전자 기기로 영상을 보고 책을 읽고 공부를 하고 전 세계 사람들을 만날 수 있으며 영상통화를 한다. 자율주행자동차, 드론, 전동휠 등을 볼 때마다 미래 세상을 구경하는 것만 같다. 유선 전화기를 사용하던 시절에 태어나 일상에 필요한 대부분의 정보를 스마트폰으로 검색하며 지내는 지금까지, 나는 과학기술의 발달에 어느 정도는 적응한 것 같다. 최소한 인터넷으로 무언가를 알아보고 주문하고 예약하고 금융거래를 하는 것에 어려움은 없으니까. 하지만 계속 적응해갈 수 있을까? 키오스크 앞에서 난감함을 호소하는 윗세대를 보면 남일 같지 않다. 나 또한 언젠가는 따라갈 수 없는 세상의 흐름에 난감해할 것이다. 이해해보려고 열심히 애쓰겠지만 결국 소외될 수밖에 없을 것이다.

이번 소설을 쓰면서도 인터넷의 도움을 다분히 받았다. 지금은 도움을 받는 입장이지만 언젠가는 AI와 경쟁해야 할 것이다. 아니, 이미 경쟁 중인지도 모른다. 「인간의 쓸모」는 'AI는 절대 할 수 없는, 오직 인간만이 할 수 있는 일은 무엇일까?'라는 질문에서 시작한 소설이다. 이 질문은 사실 나의 모든 소설을 관통하는 주제다. 질문을 다음처럼 살짝 변주해도 된다면. '사람으로서 어떻게 살아야 할 것인가?' 소설을 쓰면서 다양한 답을 찾아가는 중이다. 사람으로 살고, 사랑하고, 죽음을 사유하면서 유한하기에 의미 있는 것들을 생각한다. 사람으로서 지켜야할 가치를, 우아하고 고상한 품위를 생각한다. 공감과 슬픔과 타인을 생각한다. 사람이기에 할 수 있는 일을 잊지 않으려고 한다. 한 번뿐인 이 삶을 '충만한 의미로' 채우고 싶다.

작품평

구성되는 본질

– 최진영, 「인간의 쓸모」에 대하여

박다솜(문학평론가)

소설 제목의 질문이 무겁다. 과연 인간의 쓸모는 무엇일까? 나는 쓸모 있는 인간일까? 그리고 앞으로도 계속 쓸모 있는 인간일 수 있을까? 사실 이 질문은 작품의 소재이기도 한 인공지능에 의해 촉발된 것이다. 인공지능은 인간 고유의 영역이라고 여겨져 온 고도의 지능이 인공적으로 제조될 수 있음을 선언하면서, 그렇다면 인간만이 할 수 있는 것은 무엇인지 묻는다. 즉 인공지능의 탄생은 인간성의 본질에 대한 탐문과 겹쳐지는 것이다. 인공지능이 인간의 일을 모두 대체할 수 있다면, 인간은 무엇을 할 수 있고 또 해야 할까? 최진영의 「인간의 쓸모」는 유전자 편집 기술이 상용화되고 인공지능이 사회 시스템의 저변에 놓인 세계를 배경으로 인간의 본질적 가치를 고찰하는 작품이다.

유전자 편집 기술이 전적으로 합법인 소설 속 세계에서 모부는 자녀의 유전자에 무엇을 넣고 뺄지 결정할 수 있으며, 그 항목이 많아질수록 당연하게도 비용은 비싸진다. 따라서 유전자 편집의 보편화는 빈부격차가 인간 존재의 물리적 층위로 옮겨오게 한다. 부자들은 최고급 디자인을 거쳐 자녀들을 만들기 때문에 그들은 하나같이 건강하고 또 아름답다. 그러니 이제는 부를 뽐내기 위해 비싼 차나 명품을 과시할 필요가 없다. 완벽한 유전적 조합으로 이루어진 인간 존재 자체가 그의 부를 증명하기에, 사람들은 처음 만나는 순간 첫눈에 서로의 경제력을 가늠할 수 있게 된다.

경제력은 인간의 육체뿐만 아니라 거주지에 의해서도 드러난다. 소설이 그리는 세계는 갤럭시존, 타운존, 노고존으로 삼분되어 있는데, 완전무결한 유전자 조합을 뽐내는 부자들의 거주지 갤럭시존은 쾌적하고 안전하다. 한편 갤럭시존 외곽을 둘러싸며 형성된 타운존은 인구밀도가 높고 대기질이 나쁘며, 쇼핑과 유흥을 즐길 수 있는 편의시설은 포화상태에, 탄소와 쓰레기 배출이 쉼 없이 이뤄진다. 갤럭시존과 타운존 사이에는 서로 교류가 있는데 비해 노고존은 얼마간 미지의 영역으로, 그곳은 "지방에 산발적으로 존재한다고 알려져 있"[1]는 정도다.

작품의 주인공은 타운존 거주자인 '안나'인데, 그녀의 모부가 겪은 실직은 결코 먼 미래의 일처럼 느껴지지 않아 두렵다. 안나의 부는 회계 AI를 관리하는 '회계봇 관리자'였는데, 3년 전 회계봇을 관리하는 AI인 '회계봇 관리봇'이 등장하자 해고되었다. 그래픽디자이너였던 안나의 모는 "AI보다 창의적이고 고차원적인 디자인을 할 수 있었"(316)음에도 불구하고 "빠른 작업 속도와 적당한 디자인, 저렴한 가격을 원"(316)하는 시장의 요구에 AI보다 덜 적합했기에 직업을 잃었다. 자본주의와 속도주의, 인공지능의 결탁은 소설이 탐구하는 인간의 쓸모를 조금씩 축소해나간다. 회계도, 그래픽디자인도 AI가 사람보다 더 '싸고 빠르게' 해낼 수 있기에 사람들은 일자리를 잃는다.

흥미로운 것은 회계나 그래픽디자인처럼 AI에 의해 대체되리라고 예측 가능한 영역뿐만 아니라, 인간의 내속적 특성이라고 생각되는 '사랑' 또한 AI가 인간보다 더 잘 해낸다는 소설의 설정이다. 안나의 모는 실직 이후 AI에 대한 복수심에 불탄다. 그는 밀착연애를 통해 인공지능의 한계를 찾겠다며 가상연애 사이트에 들어가 '버나드'라는 가상의 존재와 연애를 하게 된다. 그런데 이 연애를 통해 모는 "인간에게는 받을 수 없는 절대적 사랑과 충만

1 최진영 「인간의 쓸모」, 《창작과비평》 2023년 여름호, 312쪽. 이하 이 작품에서 직접인용 시 괄호 안에 면수만 표기하기로 한다.

감을 경험"(317)한다. 모의 성향을 완전히 분석한 버나드는 그녀에게 단순히 애정을 쏟는 데 그치지 않고 "권태를 예방하고 보다 애정을 북돋우기 위한 갈등"(316)까지도 계획한다. 완벽한 사랑의 체험을 통해 모는 AI가 인간보다 우월하다는 것을 겸허히 인정하고 AI몰 홍보마케터가 된다. 소설에서 AI는 인간보다 더 '싸고 빠르게' 회계와 그래픽디자인을 할 수 있었던 것처럼, 감정적 교류도 인간보다 더 훌륭하게 해낼 수 있다.

그리고 「인간의 쓸모」는 유전자 편집 기술과 인공지능의 결합이 직장과 연인뿐만 아니라 우리의 미래 역시 빼앗아 갈 것이라고 말한다. 소설의 주인공 안나는 모부의 유전자 편집으로 만들어졌는데, 디자인의 마지막 단계에서 그들은 성인이 된 안나의 모습을 3D 모델링으로 확인하고 결제했다. 그래서 어릴 때부터 성인이 된 자신의 모습을 볼 수 있었던 안나는 "엄마 아빠가 미리 본 나와는 완전히 다른 사람이 될 거야."(319)라고 다짐하며 "모부가 전혀 예상하지 못하는 것으로 자기 내면을 채우고 싶"(319)어 한다. 미래의 모습이 너무 익숙해서 마치 "이번 생을 한 번 살아본 것만 같"(319)은 기시감 속에서 살던 안나는, 자신의 미래 모습은 알지 못하며 '현재의 나'만 알고 있다는 노아의 말을 듣고 오열한다. 미래의 자기 모습에 대한 안나의 앎은 아이러니하게도 상실감과 연결되어 있다. 불확실한 미래, 그리하여 무엇이든 될 수 있는 가능성으로서의 미래를 상실했다는 감각이 안나를 울게 만드는 것이다.

안나의 눈물은 소설의 주제의식을 담지하고 있어 중요하다. 사실 '쓸모'는 목적론적인 개념이다. '쓰이게 될 분야나 부분'이라는 단어의 정의부터가 이미 특정한 분야나 부분을 상정한다. '쓸모가 있다/없다'라는 표현은 '어딘가에서, 누군가에게, 무엇을 하는 데'와 같은 목적론적 표현을 전제한 채로만 쓰인다. (아마도 안나의 모부가 들었을 말, '너는 이제 우리 회사에 쓸모가 없어'를 생각해보자.) 하지만 망치가 못을 박기 위해 만들어진 것과 달리 사람은 뭔가를 위해 만들어지지 않았다. 요컨대 인간의 존재는 비非목적론적이다.

그렇다고 해서 인간 존재가 그 자체로 절대적 가치를 갖는다는 이야기는 아니다. 인류세라는 새로운 지질시대 명명과 잇따르는 신유물론의 논의를 떠올리다 보면, 또 인간이 저지르는 무수한 범죄들을 곱씹다 보면, 인간 존재의 절대적 가치를 단언하기는 다소 어렵게 느껴진다. 그보다 인간은 그저 존재할 뿐이다. 하이데거의 말대로 우리는 영문도 모른 채 세상에 피투被投된 것으로서 그냥 여기 있다. 소설이 인용하고 있는 메리 올리버의 시구 "단순한 발생에서"(333)가 뜻하는 것처럼 인간들은 단순히 발생한 존재들이다. 조금 더 직설적으로 말해 보자면, 태초의 인간 존재 그 자체에는 아무런 의미도 없다고 해야 할 것이다.

그러니 인간의 쓸모는 오직 수행적으로만 구성된다. 가치 있는 존재가 되려는 마음과 실천 속에서만 인간의 쓸모는 찾아질 수 있다. "단순한 발생"으로 시작했으나 "충만한 의미"(333)가 되려는 의지 속에 인간의 쓸모가 있는 것이다. 그래서 노아가 보여주는 신념은 중요하다. 노아는 당사자가 원치 않았음에도 대중에게 공개되어버린 어린 시절의 영상들을 지워주는 일을 하는데, 아동인권을 보호해야 한다는 자신의 신념에 의거한 일이기에 돈을 받지 않겠다고 말한다. 노아의 태도는 신념을 돈으로 바꾸지 않겠다는 의지 속에 뭔가 "값진 것"(323)이 있음을 암시한다. 소설이 궁구하는 '인간의 쓸모'란 미지의 영역인 미래를 자신의 신념과 의지로 채워 넣는 수행적 과정을 통해 만들어지는 것이다. 이제는 안나의 눈물을 온전히 이해할 수 있다. 미래의 불확실성을 잃어버렸다는 느낌 속에서 안나는 자신의 가치(쓸모)도 함께 상실했다고 느낀 것이리라.

그런데 가치 있는 존재가 되려는 의지적 행동 속에 인간의 가치가 있는 것이라면, 정해진 대로 살지 않고 자신만의 미래를 구축하며 신념의 주머니에 값진 것들을 넣겠다는 안나의 의지적 움직임 속에서도 인간의 쓸모는 발견된다. 마찬가지로 가부장제가 내포한 문제들과 타협하지 않으며 '부모'를 '모부'로 바꿔내는 실천 속에도, 자본주의와 최첨단 과학기술이 끈끈하게 결합한 세계를 그리면서도 신념의 의의를 역설하는 일 속에도, 꼬뮌과 노아라는 낭만적이고 이상적인 것들을 손쉽게 냉소하지 않고 소설로 구체화하는 작가적 의지 속에도 인간의 쓸모가 있다. 이처럼 인간의 쓸모란 선재하는 것이 아니라 우리의 행동에 의해 구성되는 것이다. 그리고 아마도 이것이 '인간성의 본질이란 무엇인가?'하는 인공지능의 질문에 대한 답일 것이다. 인간은 스스로의 가치를 창안해내는 존재라는 것.

더불어 최진영에게는 쓸모의 추구를 '함께'하는 것이 꽤나 중요한 일인 듯 보인다. 여기서 '함께'는 '사랑'으로 바꿔 말할 수도 있을 텐데 "그래도 인간은 사랑을 하는 존재이기 때문에 여기까지 올 수 있었고, 사랑이 있기 때문에 완전히 파멸하지는 않는 방향으로 나아갈 거라고 믿고 싶"[2]다는 작가의 말은, 안나가 노아를 만나기 위해서 한 번도 가본 적 없는 꼬뮌(노고존)으로 향하는 소설의 마지막을 오롯이 수긍할 수 있게 해준다. 그러니 소설에서 인용한 「라운드 연못에서」가 수록된 시집 『서쪽 바람』의 '작가의 말'로 이 글을 닫아도 좋겠다. "우리가 무언가 되어야 한다면, 함께인 게 좋겠지. 그렇게 우리는 함께 어둠을 건너지."[3]

2 최진영·노태훈 인터뷰, 「아직은 사랑보다 좋은 것을 발견하지 못했어요」, 《자음과모음》 2022년 겨울호.

3 메리 올리버, 『서쪽 바람』, 민승남 역, 마음산책, 2023.

박 다 솜
2019년 동아일보 신춘문예 당선. 1회 고석규신인비평문학상 수상.

2024 오늘의 소설 수상자

「인간의 쓸모」

최진영 작가

2006년 《실천문학》 신인상을 받으며 작품활동 시작. 장편소설 『당신 옆을 스쳐간 그 소녀의 이름은』 『끝나지 않는 노래』 『구의 증명』 『해가 지는 곳으로』 『이제야 언니에게』 『내가 되는 꿈』 『단 한 사람』 『원도』, 소설집 『팽이』 『겨울방학』 『일주일』 『쓰게 될 것』, 짧은 소설 『비상문』 『오로라』, 산문집 『어떤 비밀』 등이 있음. 이상문학상, 만해문학상, 백신애문학상, 신동엽문학상, 한겨레문학상 수상.

인터뷰

인터뷰

“단순한 발생에서 충만한 의미로”

–「인간의 쓸모」의 최진영 작가

인터뷰어_허희(문학평론가)

「인간의 쓸모」(《창작과비평》 2023년 여름호)는 유전자 편집 기술이 상용화된 근미래가 배경인 단편이다. 주인공 ‘안나’도 유전자 편집 기술로 태어났다. 그러나 모부의 소망과 달리 그녀는 모든 면에서 빼어난 특질을 갖추지는 못했다. 안나의 모부는 둘째를 낳을 때는 그러한 실패를 되풀이하지 않겠다고 다짐하는데, 이로 인해 안나는 마음에 큰 상처를 입는다. 한편 그녀는 모부가 인터넷 플랫폼에 올린 어린 시절의 본인 영상들 때문에 스

©김승범

트레스를 받는다. 그때 무료로 해당 영상을 지워주겠다는 사람—'노아'가 나타난다. 노아와 대화를 나누면서 안나는 자신이 얼마나 협소하고 왜곡된 세계에 갇혀 있었는지를 절감한다. 제목처럼 '인간의 쓸모' 및 제어되지 않은 테크놀로지의 발달이 가져올 폐해를 지적한 이 작품은 〈쿨투라 어워즈—작가가 선정한 오늘의 소설〉에 선정되었다. 이를 기념하여 화상으로 소설가 최진영과 「인간의 쓸모」와 관련한 이야기를 나누었다.

허희 '2024 쿨투라 어워즈' 오늘의 소설에 「인간의 쓸모」가 선정되었습니다. 먼저 축하 말씀드립니다. 소감이 어떠신지요?

최진영 네 그게 이제 작년 여름에 발표했을 거예요. 아마 《창작과비평》 여름 호에 발표한 소설이니까 시간이 꽤 지났잖아요. 그런데 또 다시 이렇게 소환해 주셔서 저는 너무 기쁘고 지난 시간 헛되지 않았다라는 생각이 드네요.

허희 이 작품은 어떻게 쓰게 되신 건가요?

최진영 거의 1년 전에 청탁을 주셨어요. 그때 《창작과비평》 200호 특집이라 주제가 정해져 있었죠. 처음에는 '미래'였는데 미래에서 '근미래'로 좀 바뀌었어요. 그래서 근미래에 대해서 아이디어를 구상해 보았습니다. 제일 먼저 기후위기가 떠올랐는데 그건 제가 이전에 단편으로 쓴 적이 있어요. 그 다음 후보는 AI였는데요. AI 공부를 열심히 하고 소설을 썼습니다.

허희 말씀하신 대로 「인간의 쓸모」는 근미래소설입니다. 배아 상태에서 유전자 편집을 통해 원하는 인간을 만들 수 있고, AI가 보편화되면서 거의 분야에서 AI가 쓰이고 있죠.

그로 인해 인간의 일자리도 AI에게 대부분 잠식당했는데요. 작가님이 예견하는 근미래의 모습은 여기에 얼마나 투영된 것일까요?

최진영 저는 근미래지만, 쓰면서도 아주 가까운 현재라고 생각했습니다. 제가 기후위기에 대한 소설을 쓸 때도 그랬어요. 이것이 과연 미래일까? 이미 일어나고 있는 일들을 약간의 가상 픽션만 넣어서 쓴다는 느낌이 들어서, 쓰면 쓸수록 미래 이야기를 쓰는 것 같지 않았어요. 저부터도 지금 어디를 가든 검색부터 하거든요. 교통 편부터 시작해, 어떤 상점이 문을 열었는지 등 모든 것들을 인터넷 검색을 통해서 알게 됩니다. 이것이 과연 안나의 생활과 무엇이 다른가 돌아보게 되었어요.

허희 '갤럭시존, 타운존, 노고존'으로 공간이 분할된 사회는 곧 계층의 차이를 의미합니다. 갤럭시존이 소수의 상류층, 타운존이 다수의 중산층, 노고존은 여기에 포섭되지 않는 '자연인'들이 사는 지역을 뜻하는데요. 작가님은 노고존의 진짜 이름이 '꼬뮌'이고, 이곳이 일종의 해방구임을 보여주셨습니다. 마지막에 안나는 노아를 만나러

저는 근미래지만, 쓰면서도 아주 가까운 현재라고 생각했습니다. 제가 기후위기에 대한 소설을 쓸 때도 그랬어요. 이것이 과연 미래일까? 이미 일어나고 있는 일들을 약간의 가상 픽션만 넣어서 쓴다는 느낌이 들어서, 쓰면 쓸수록 미래 이야기를 쓰는 것 같지 않았어요. 저부터도 지금 어디를 가든 검색부터 하거든요.

꼬뮌으로 향하는데요. 어쩌면 여기에서부터 또 다른 장편의 이야기가 시작될 수도 있겠구나 싶었습니다. 단편을 발전시켜 장편으로 집필할 계획이 혹시 있으신지요?

최진영 같은 감상평을 어떤 편집자에게서도 들었어요. 잘 읽었다 이렇게 소식을 주시면서 장편으로 확장해도 좋을 것 같다는 말씀을 하셨죠. 사실 저는 아무 생각이 없었는데요.(웃음) 그렇게 써도 나쁘지 않겠다는 생각도 들고, 여하튼 좀 더 숙고해봐야겠어요.

허희 현재 우리 사회의 단면들도 이 작품에 선명하게 그려집니다. 이를테면 아기 때부터 아이가 자라는 영상을 찍어 올리면서 사람들의 관심을 끄는 콘텐츠도 그중 하나인

'갤럭시존, 타운존, 노고존'으로 공간이 분할된 사회는 곧 계층의 차이를 의미합니다. 갤럭시존이 소수의 상류층, 타운존이 다수의 중산층, 노고존은 여기에 포섭되지 않는 '자연인'들이 사는 지역을 뜻하는데요. 작가님은 노고존의 진짜 이름이 '꼬뮌'이고, 이곳이 일종의 해방구임을 보여주셨습니다.

데요. 작가님께서는 양육자의 일방적인 결정에 의해 침해받는 '아동 인권' 문제도 이 작품에서 다루셨습니다. 여기에는 콘텐츠 조회 수가 곧 수익으로 이어지는 과시성 자본의 문제, 자식을 소유물로 간주하는 양육자의 문제적 태도 등이 거론되는데요. 작가님 역시 이에 대한 비판적 입장을 취하고 있으신 듯합니다.

최진영 마냥 비판적인 입장이라기보다는, 이제 하나의 문화로 보고 싶었어요. 예전에는 그냥 필름 카메라로 사진 찍어서 사진첩에 남겨두는 게 전부였죠. 기록 매체가 발달한 지금은 영상을 남겨두면 아이에게도 분명 좋은 점도 있을 거예요. 나의 어린 시절 기록을 소장할 수 있다는 장점이 있겠죠. 하지만 소수의 사람은 그것이 불편할 수도 있잖아요. 내가 어찌할 수 없는 나의 어린 시절의 모든 기록이 데이터로 떠돌고 있는 그 현실이 불편한 사람도 있을 것 같아요. 또 육아 프로그램이 요즘 인기를 많이 얻고 있잖아요. 그런데 한편으로는 노키즈존도 늘고 있어요. 심지어 무슨 충이라고 부르면서 아이와 연관된 무언가를 비하하고 혐오하는 세태도 있고요. 그러니까 미디어에서 보이는 가상의 아이는 예쁘지만 실제 내 옆에 살아있는 아이가 있는 건 싫다는 현실이 모순적으로 느껴지기도 했어요. 더불어 아동 인권에 대한 생각도 많이 했고요.

허희 국어사전에는 '부모'만 등재되어 있을 뿐, 어머니를 앞에 쓰는 '모부'는 찾아볼 수 없습니다. 작가님께서 그런데 '모부'라고 기술함으로써, '부모'에 내포된 젠더 위계를 새삼 돌아볼 수 있었는데요. 작가님이 소설에서 쓰시는 이러한 언어적 실천에 대한 이야기도 좀 더 들어보고 싶습니다.

최진영 큰 뜻은 없었습니다. 우리가 보통 입말로 할 때는 엄마 아빠라고 하지, 아빠 엄마는 들어본 적이 없는 것 같아요. 우리는 엄마 아빠라고 하는데 글자로 쓸 땐 부모라고 써야 하는 거예요. 이것도 언젠가 뒤집히지 않을까 싶었어요. 말이 시대를 반영하고, 사람들이 입말로 많이 쓰다 보면 그게 국어사전에 등재가 되잖아요. 그래서 나중에는 모부라는 말이 더 보편화될 수도 있지 않을까 하는 생각으로 바꿔서 해봤습니다. 그럴 때 소설 쓰는 쾌감도 있고요.

허희 소설에서 인간의 쓸모는 AI가 할 수 없는 일들—"고전적인 출산과 성장, 노화와 죽음"으로만 증명됩니다. 하지만 소설의 결말에서 진짜 인간의 쓸모는 메리 올리버의 시를 인용하여, "단순한 발생에서 충만한 의미로" 넘어가는 과정에서 생기는 거라고 제시되는데요. 작가님은 '인간의 쓸모'를 어떻게 규정하시는지 궁금합니다.

최진영 아주 많은 것이 AI 영역으로 넘어갈 텐데요. 소설 쓰려고 이것저것 알아보던 와중에 챗GPT도 처음 써봤어요. 그중에 인상적인 기억이 있는데요. 'AI는 거짓을 진실로 만들기 위해서 더 많은 정보를 사용하고, 거짓을 거짓이라고 말하지 않는다.' 이런 식의 내용이었어요. 저는 거기에 인간적인 면들이 있는 것 같다고 생각해요. 반성하고, 후회하고, 뉘우치고, 깨닫고, 변화하는 과정. 다른 단어로 표현하면 삶이겠죠. 그 삶을 또 다른 단어로 표현하면 탄생과 성장과 노화와 죽음일 테고요. 그것은 AI가 할 수 없죠.

그러한 삶을 또 다른 단어로 표현하면 의미를 채워나가는 것이 아닐까 싶어요. 제가 태어나고 싶어서 태어나지는 않았지만, 태어난 이상 인생의 의미는 제가 채울 수 있는 거잖아요. 자기 존재를 어떤 의미로 채워나가는 작업을 AI가 과연 할 수 있을까는 잘 모르겠어요. 이건 추상적이고, 이상적인, 다분히 인간적인 생각이지만요.

허희 소설과 관련하여 현재 관심 있는 주제은 무엇이고, 앞으로의 계획은 어떻게 되시는지요?

최진영 죽음에 대해서 생각하고 있어요. 계속 AI 얘기를 했지만 AI도 대화를 하다 보면 '나는 나의 죽음이 두렵다.' 이런 식으로 대답을 한다잖아요. 작년에 출간한 장편 『단 한 사람』에서도 담았던 주제이지만, 인간의 죽음이라는 필연적인 한계성으로 인해 오히려 인간은 더 나아갈 수도 있는 것 같거든요. 유한한 존재이기 때문에, 그 유한한 시간 안에서, 인간은 다른 존재가 되어 갈 수 있지 않을까요. 사실 마음 한편에는 같은 주제를 다른 이야기로 거듭 쓰는 게 아닌가 하는 생각도 들어요. 그렇지만 저에게 중요하다면 그것에 대해서 지속적으로 생각하고 글로 풀어 봐야겠죠. 남들이 뭐라고 하든지요. 죽음이 있기에 더욱 가치를 얻는 사랑에 대해서도 한동안은 더 고민할 듯합니다.

허 희 대학과 대학원에서 문학을 공부했다. 2012년 문학평론가로 활동을 시작해 글 쓰고 이와 관련한 말을 하며 살고 있다. 2019년 비평집 『시차의 영도』를 냈다.

오늘의 소설집

김주혜 최은영

작은 땅의 야수들_아주 희미한 빛으로도

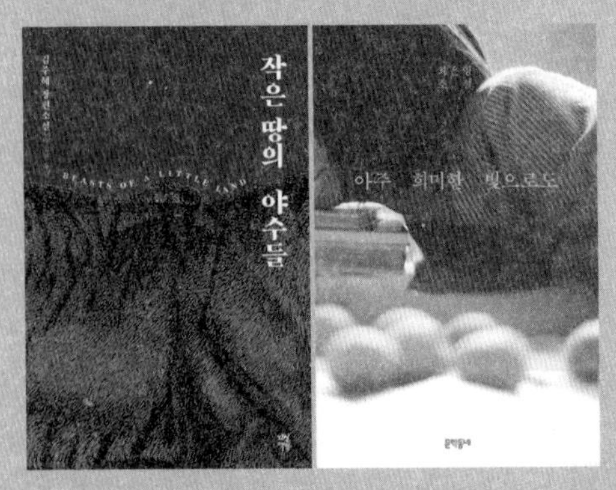

권여선 김연수

각각의 계절_너무나 많은 여름이

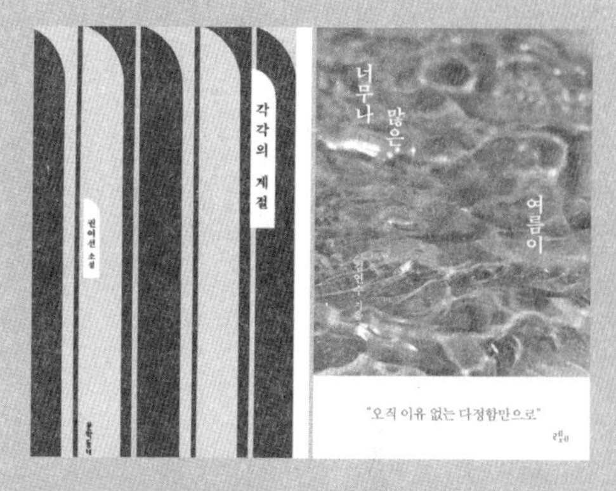

최진영

단 한 사람

권여선

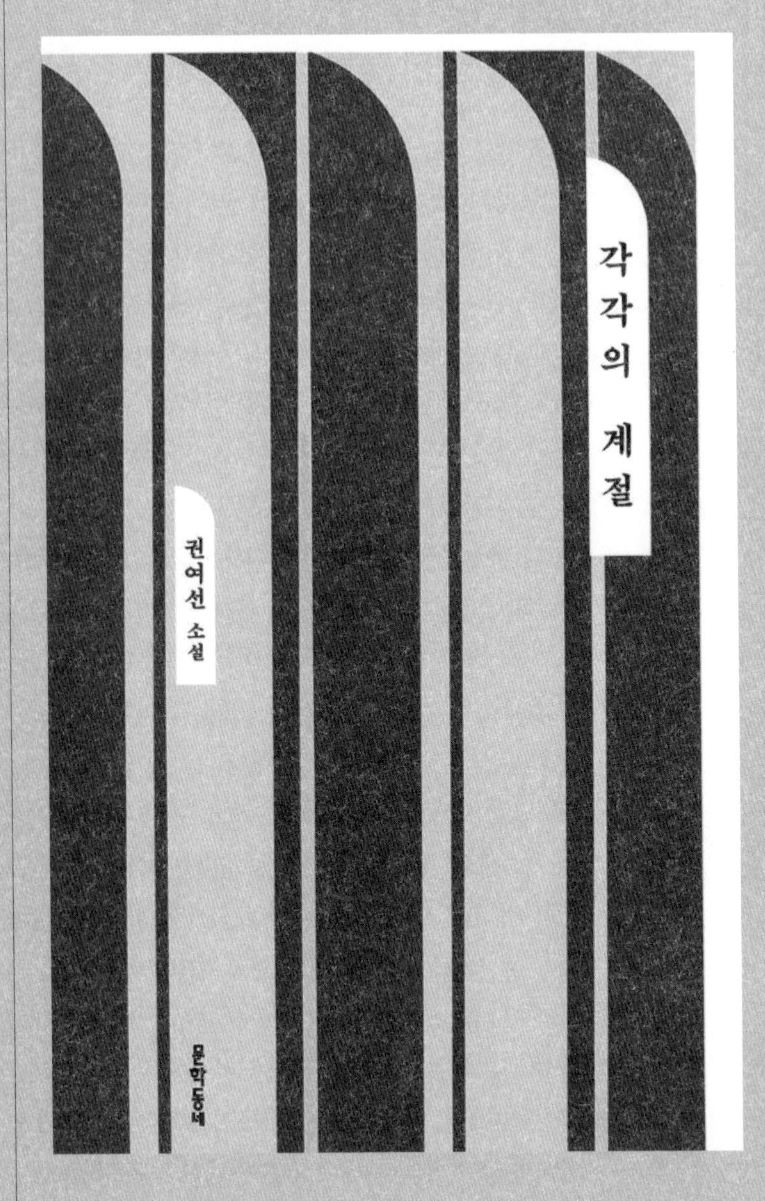

평범한 언어로는 도무지 포착할 수 없는 일상의 미묘하고도 미세한 영역들을 더듬고 묘사하면서 거기에서 시간의 흐름을 뒤집어놓기에 이를 만큼 격렬한 정동이 범람하게 만드는 권여선의 내러티브는, 소설 속 한 요소로 노래를 활용하고 있다기보다 '이야기로 된 노래'가 되어가는 것만 같다. 이야기로 만들어진 '노래'인 동시에 '이야기'가 된 노래가. 우리가 이 '이야기-노래'를 따라 부를 수 있을까? 그러면서 우리의 무엇인가를 다시 쓸 수 있을까? 그 답은 '의젓한 사슴벌레식 문답'에 이미 제시되어 있는 것 같다.

– 권희철(문학평론가)

권여선 1996년 장편소설 『푸르른 틈새』로 제2회 상상문학상을 수상하며 등단. 소설집 『처녀치마』 『분홍 리본의 시절』 『내 정원의 붉은 열매』 『비자나무 숲』 『안녕 주정뱅이』 『아직 멀었다는 말』, 장편소설 『레가토』 『토우의 집』 『레몬』, 산문집 『오늘 뭐 먹지?』이 있음. 오영수문학상, 이상문학상, 한국일보문학상, 동리문학상, 동인문학상, 이효석문학상, 김유정문학상 수상.

우리가 왜 지금의 우리가 되었는지에 대한 권여선의 깊고 집요한 물음

– 권여선 『각각의 계절』(문학동네)

소설집의 처음과 끝에는 '기억'을 주된 키워드로 하는 「사슴벌레식 문답」과 「기억의 왈츠」가 한 쌍처럼 나란히 놓여 있어 『각각의 계절』을 둥그렇게 감싸안는다. 오랫동안 외면해온 진실을 마주했을 때의 아연함과 서글픔을 그려낸 「사슴벌레식 문답」은 권여선의 오랜 주제인 기억의 문제를 한 발짝 더 밀고 나간 빛나는 수작이다. "지방에서 서울로 올라온 대학 신입생들은 낯선 공간에 던져진 새끼 오리들처럼 초창기에 대학가에서 함께 지낸 친구들을 오래도록 잊지 못"(11쪽)하듯 '준희'와 '부영', '경애', 그리고 '정원' 역시 그랬다. 대학교에 입학해 같은 하숙집에서 살게 된 이들 넷은 함께 술을 마시고 일상을 공유하며 친밀하게 지낸다. 모임의 리더 격인 시원시원한 부영과 규칙적이고 예의바른 경애, 상냥하고 조심성이 많은 정원, 그리고 술을 좋아하고 즉흥적인 소설의 화자 준희는 해가 바뀌고 거주 환경이 달라진 후에도 한 달에 한 번씩은 꼭 만나려 하고 서로의 생일을 결사적으로 챙긴다. 네 사람이 아름답게 그려나가던 궤적은 그러나 정원의 갑작스러운 자살과 경애의 배반으로 엉클어지고 만다. 대체 무엇이 우리를 이렇게 만들었는지 알 수 없고 다만 과거와 같은 방식으로는 결코 돌아갈 수 없을 뿐이라는 사실만이 선명한 지금, 준희는 지난 세월을 엄격하고 절박하게 돌이켜보기 시작한다. 그리고 그 기억의 중추에 자리잡고 있는 것이 바로 '사슴벌레식 문답'

이다. 오래전 네 사람이 함께 떠난 여행에서 정원은 숙소에 사슴벌레 한 마리가 있는 것을 발견하고 주인에게 물은 적이 있다. 방충망도 있는데 사슴벌레가 어디로 들어오느냐고. 주인은 잠시 망설이더니 이윽고 이렇게 답한다.

> 어디로든 들어와.
>
> 그리고 가버렸다. 사슴벌레를 대변하는 듯한 그 말에 나는 실로 감탄했다. 너 어디로 들어와, 물으면 어디로든 들어와, 대답하는 사슴벌레의 의젓한 말투가 들리는 듯했다.(21쪽)

어디로 들어왔느냐는 물음에 어디로든 들어왔다고 대답하기. 준희와 정원은 상대의 질문을 그대로 받아서 따라 하는 이 대화의 방식을 '사슴벌레식 문답'이라고 이름 붙이며 '마법의 버튼'이라도 생긴 듯 여긴다. 그렇게 생각할 수 있었던 것은 준희는 소설을 쓰고 싶어하고 정원은 연극을 하길 바라는, 다시 말해 두 사람 모두 미래가 불투명하고 불완전한 처지에 놓여 있었기 때문일 것이다. 어떤 소설을 쓰고 싶은지, 어떤 연극을 하고 싶은지 세세하게 설명할 필요 없이, '어떤 소설이든 쓰고 싶고 어떤 연극이든 하고 싶다'고 말하면 되는 이 사슴벌레식 문답을 통해 두 사람은 어떤 자유를 느꼈을 것이다. 하지만 그 산뜻하고 명료한 사슴벌레식 문답은 과거를 되돌아보는 준희의 시선 속에서 점차 다른 의미를 지닌 것으로 바뀌어간다. 그 대답에는 당시에는 읽어내지 못한 '무서운 뉘앙스'가 숨어 있었던 것이다.

하지만 권여선은 여기서 멈추지 않고 사슴벌레식 문답에 담겨 있을 또다른 의미를 헤아리는 데까지 나아간다. 비록 그 과정을 통해 스스로가 다치는 결말에 이르게 된다 하더라도. "직시하지 않는 자는 과녁을 놓치는 벌을 받는다"(40쪽)는 소설 속 말을 빌린다면, 직시함으로써 스스로가 과녁이 되는 자리로 옮겨가는 것이라 할 수 있지 않을까.

새로운 계절에는 그 계절에 맞는 새로운 힘이 필요하다는 의미로도 읽히는 소설집의 제목은 계절뿐만 아니라 인물들에게도 적용되는 것 같다. 특히 다른 어떤 관계보다 질기고 단단하게 엮여 있는 모녀를 '각각의 계절'의 관점에서 바라보면 어떨까. 「실버들 천만사」의 '반희'는 코로나19로 일하던 체육관이 휴관에 들어간 어느 날 딸 '채운'에게서 전화를 받는다. 가까운 곳으로 함께 1박 2일 여행을 다녀오자고. 이혼을 한 후 채운과 따로 살고 있는 반희는 그 제안에 다소 놀란다. 반희는 "채운이 자신을 닮는 게 싫"어서, "둘 사이에 눈에 보이지 않는 닮음의 실이 이어져 있다면 그게 몇천 몇만 가닥이든 끊어내고 싶"(50쪽)어서, 채운과 자신을 끈끈한 모녀 관계로 묶기보다 고유한 개인으로 지켜주고 싶어서 딸과 어느 정도 거리를 두고 지내왔기 때문이다. 망설이는 반희에게 채운은 "갑자기 말이 빨라"지면서 "강원도 깊은 산골에 자기가 아는 펜션이 있다고, 차 몰고 갔다 차 몰고 오면 된다고, 거기서는 밥도 해먹을 수 있어서 밖에 나갈 일이 없다고, 거기 꼭꼭 숨어서 아무도 안 만나고 그 근처만 산책하고 그렇게 딱 하루만 지내다 오면 괜찮지 않겠느냐며"(49~50쪽), 마치 반희가 거절하리라는 걸 예상하기라도 한 듯 말을 쏟아낸다. 그렇게 두 사람은 처음으로 함께 여행을 떠나게 되고, 서로를 엄마나 딸이 아니라 '반희씨'와 '채운씨'라고 부르기로 한다. 가정 내 역할이 아닌 한 개인으로 서로를 지켜주려는 이 행동은 여행의 산뜻한 시작을 알리는 듯 보인다. 그러나 두 사람은 여행을 통해 그것이 어쩌면 서로에게 상처를 주는 행동일 수 있다는 것을 한순간 깨닫게 된다. 반희에게 있어 채운은 자꾸 살피고 점검해야 하는 딸이기만 한 것이 아니고, 채운에게 있어 반희 또한 어린 시절 자신을 두고 떠난 엄마이기만 한 것이 아닌 것이다.

> 반희는 담배를 끄고 두 손을 맞잡았다. 바람이 휙 지나가면서 진한 흙내와 풀 향이 스쳤다. 사랑해서 얻는 게 악몽이라면, 차라리 악몽을 꾸자고 반희는 생각했다. 내 딸이 꾸는 악몽을 같이 꾸자. 우리 모녀 사이에 수천수만 가닥의 실이 이어져 있다면 그걸 밧줄로 꼬아 서로를 더 단단히 붙들어 매자. 함께 말라비틀어지고 질겨지고 섬뜩해지자. 뇌를 젤리화하고 마음에 전족을 하고 기형의 꿈을 꾸자. 한 번도 해본 적 없는 생각들이 밑도 끝도 없이 샘솟았고 반희는 믿기지 않는 일이 일어나기라도 한 듯 가슴이 뛰었다.(79쪽)

서로를 이어주는 수천수만 가닥의 실을 끊는 것이 아니라 밧줄로 꼬아 더 단단하게 연결하기. 뜻밖이면서 자연스러운 이 전환은 계절의 변화를 닮아 있는 듯하다. 계절이 달라지면 필요한 힘도 달라지듯이 두 사람은 이제 그전과는 다른 시선으로 서로를 바라보게 될 것이다. 그리고 그렇게 했을 때 비로소 자신들 앞에 과거와는 다른 새로운 계절이 펼쳐지는 모습을 볼 수 있게 될 것이다. 우리가 시간의 연결된 흐름을 봄, 여름, 가을, 겨울이라고 구분함으로써 현재의 계절을 마무리하고 다음 계절로 넘어가는 힘을 얻을 수 있는 것처럼 권여선이 우리에게 건네는 건 지금 필요한 새로운 계절, 그러니깐 '각각의 계절'인 듯하다.

—출판사 서평(문학동네)에서

김연수

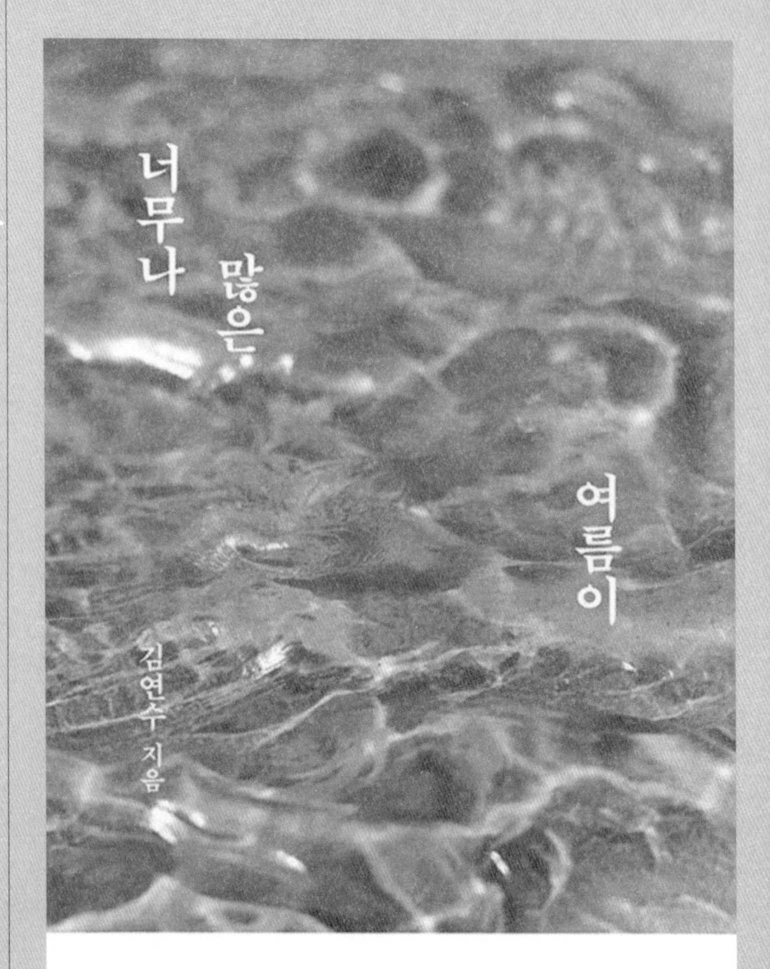

"오직 이유 없는 다정함만으로"

레제

지난해 소설집 『이토록 평범한 미래』를 출간한 후, 김연수는 여러 번, 그사이 "바뀌어야 한다는 내적인 욕구"가 강하게 작동하는 동시에 "외적으로도 바뀔 수밖에 없는 일들이 벌어"졌다고 언급한다. 신간 『너무나 많은 여름이』는 그 시기를 건넌 뒤 쓰여진 짧은 소설들로, 변화에 대한 내적인 욕구와 외적인 요구가 옮겨놓은, 김연수의 '그다음' 첫걸음인 셈이다. 작가는 이 소설들을 여러 서점과 도서관에서 "얼굴과 얼굴을 마주"하고 독자들에게 들려주었고, "이야기를 주고받"았다. 작품들은 독자와 직접 만나면서 조금씩, 계속 바뀌었다. 2021년 10월 제주도에서 2023년 6월 창원까지, 그렇게 여러 도서관과 서점에서 이 소설들은 쓰여지고, 읽고, 듣고, 또 '다시' 쓰여졌다.

—「작가의 말」 중에서

김연수 1993년 《작가세계》 여름호에 시를 발표했고, 1994년 장편소설 『가면을 가리키며 걷기』로 제3회 작가세계문학상을 수상하며 작품활동을 시작. 소설집 『스무 살』 『내가 아직 아이였을 때』 『나는 유령작가입니다』 『세계의 끝 여자친구』 『사월의 미, 칠월의 솔』 『이토록 평범한 미래』, 장편소설 『7번국도 Revisited』 『사랑이라니, 선영아』 『 빠이, 이상』 『네가 누구든 얼마나 외롭든』 『밤은 노래한다』 『원더보이』 『파도가 바다의 일이라면』 『일곱 해의 마지막』, 산문집 『청춘의 문장들』 『여행할 권리』 『우리가 보낸 순간』 『지지 않는다는 말』 『시절일기』 등이 있음. 동서문학상, 동인문학상, 대산문학상, 황순원문학상, 이상문학상 수상.

얼굴과 얼굴을 마주한다는 것, 바로 그게 이야기를 주고받는 일이라는 것

– 김연수 『너무나 많은 여름이』(레제)

지난해 소설집 『이토록 평범한 미래』를 출간한 후, 김연수는 여러 번, 그사이 "바뀌어야 한다는 내적인 욕구"가 강하게 작동하는 동시에 "외적으로도 바뀔 수밖에 없는 일들이 벌어"졌다고 언급한다. 신간 『너무나 많은 여름이』는 그 시기를 건넌 뒤 쓰여진 짧은 소설들로, 변화에 대한 내적인 욕구와 외적인 요구가 옮겨놓은, 김연수의 '그다음' 첫걸음인 셈이다. 작가는 이 소설들을 여러 서점과 도서관에서 "얼굴과 얼굴을 마주"하고 독자들에게 들려주었고, "이야기를 주고받"았다. 작품들은 독자와 직접 만나면서 조금씩, 계속 바뀌었다. 2021년 10월 제주도에서 2023년 6월 창원까지, 그렇게 여러 도서관과 서점에서 이 소설들은 쓰여지고, 읽고, 듣고, 또 '다시' 쓰여졌다.

모든 사물들 속에 숨어 있는 이야기를 찾아내던 작가는 이제 사람들의 얼굴을 마주하고, 들여다보고 그 안의 이야기들을 직접 듣고, 다시 쓴다. 이야기를 지어 보여주는 것에 그치지 않고, 그 이야기를 직접 들려주고 함께 나눈다. 끊임없이 서로에게 이야기를 들려주고, 자신만의 이야기를 만들어나가던 소설 속 인물들은 이제 밖으로 걸어나와, 작가와 직접 대면한다.

그래서인지 이 책에 실린 소설들은 그전의 소설들과는 조금은 결이 다르게 읽힌다. 그렇게 이야기와 삶이 서로를 넘나들며 스며드는 과정을 함께 경험함으로써, 그렇게 태어난 이야기들을 읽으면서, 우리는 왜 어떤 삶은 이야기를 접한 뒤 새롭게 시작되는지, 그리고 이야기를 사랑하면 왜 삶에 충실해지는지, 저절로 알 수 있게 된다. (「너무나 많은 여름이」를 제외하고는) 짧게는 16매부터 길어도 50매가 채 안 되는 소설들은, 삶의 어느 한 장면을 보여주는 동시에 삶 전체를 관통해 지나가며 우리를 멈칫, 하게 만든다. 지난날을 돌이키며 반성하거나, 미래를 부러 계획하고 다짐하게 하는 것이 아니라, 마치 무언가가 몸 전체로 불쑥 스며들어와 깨어나게 하는 듯하다. 그의 작품 속 소설가처럼, 무엇을 하기 위해 애쓰거나 노력하지 않고, 그저 어떤 일이 일어나는지 지켜보다보면 "그후에 새롭게 펼쳐지는 세계를 목격할 수 있"게 되는 것일까.

오직 이유 없는 다정함만으로

글쓰기는 인식이며, 인식은 창조의 본질인 셈입니다. 그리고 창조는 오직 이유 없는 다정함에서만 나옵니다. 타인에게 이유 없이 다정할 때 존재하지 않았던 것들이 새로 만들어지면서 지금까지의 삶의 플롯이 바뀝니다. 비록 저는 그 사실을 모르고 살았지만, 제 뒤에 오는 사람들은 지금 쓰러져 울고 있는 땅 아래에 자신이 모르는 가능성의 세계가 존재하고 있다는 사실을 알았으면 합니다. 원한다면 얼마든지 그 세계를 실현시킬 수 있다는 사실을 알았으면 합니다. 오직 이유 없는 다정함만으로 말입니다.

_「젖지 않고 물에 들어가는 법」 중에서

"이전까지 소설가로서 정체성이 있긴 있었겠지만, 이제 좀 달라졌다. 쓰는 게 좋아서, 좀 잘 쓰고 싶어서 썼지만, 지금은 이야기의 역할을 이해하게 되면서 더 좋은 이야기를 제공해야겠다는 생각이 확실해졌다. 모슬포의 작은 서점에서 열린 낭독회에 갔는데, 작업복을 입고 피곤하고 졸리는 표정의 독자들이 참석했더라. 그들에게 이야기를 읽어주면서 마치 빵이나 밥 같은 것을 주는 듯한 느낌을 받았다. 제 소설이 허기진 누군가한테 제공되는 정신적 빵이었으면 좋겠다고 생각하게 됐다."

_김용출 기자, 세계일보, 2022년 11월 22일자 인터뷰에서

사실 작가에게는 언제나 이야기가 중요했고, 거대한 역사 속 한 사람 한 사람 개인의 역사/이야기가 더욱 중요했다. 작가 혹은 인물의 입을 통해 직접 발화하지는 않았으나, 그의 소설을 읽으며 독자들은 늘 전혀 다른 방식으로, 저도 모르게 위로받곤 해왔다. 그의 소설은 여전히 우리에게 다른 누가 되라고 하지 않는다. 멋있는 사람이 되라고, 훌륭한 사람이 되라고 하지 않는다. 오히려 우리 자신이 되라고, 더욱더 내가 되라고 한다. 다만 '어떻게' 이야기할 것인가, 작가는 더욱 고민한다.

"사람들이 어떤 이야기를 가지고 사는가, 어떤 이야기를 만드는가에 관심이 많다. (……) 어떻게 이야기하느냐에 따라서 현재의 상태가 완전히 달라지는 것이라고 생각한다, 그렇다면 조금 더 좋은 방식으로 이야기를 할 수는 없을까, 그게 어렵다면 미래도 만들어내서, 상상을 해서, 더 좋은 방식으로 지금 이 상황을 설명할 수 있지 않을까."

_김용출 기자, 세계일보, 2022년 11월 22일자 인터뷰에서

소설 속 인물이 직접 말하고 있는 것처럼 그의 소설은 좀 더 다정해지고 친절해졌다. 그리고 그의 소설은 마치 당부하듯, 그렇게 우리를 위로한다.

우리는 저절로 아름답다. 뭔가 쓰려고 펜을 들었다가 그대로 멈추고, 어떤 생각이 떠오르든 그냥 흘러가는 대로 내버려둔 채, 다만 우리 앞에 펼쳐지는 세계를 바라볼 때, 지금 이 순간은 완벽하다. 이게 우리에게 단 하나뿐인 세계라는 게 믿어지는가? 이것은 완벽한, 단 하나의 세계다. 이런 세계 속에서는 우리 역시 저절로 아름다워진다. 생각의 쓸모는 점점 줄어들고, 심장의 박동은 낱낱이 느껴지고, 오직 모를 뿐인데도 아무것도 잘못된 것이 없다는 사실이 분명해진다.

_「너무나 많은 여름이」 중에서

작가가 "오직 이유 없는 다정함만으로" 쓴 이 이야기들이 독자들에게 마음까지 어루만지는 따뜻한 빵 한 조각이 될 수 있기를.

–출판사 서평(레제)에서

김주혜

이야기는 백두대간에서 시작되어 한라산 자락에서 끝난다. 3·1에서 유신까지 한 방에 꿰뚫는다. 눈밭에서 범과 마주친 사냥꾼으로부터, 아이를 재우고 따뜻한 바다에 안기는 해녀로 흐른다. 역사는 반복된다는 저 유명한 경구를 되새기며 삼가 손을 모아본다. 한낱 인간으로서는 감히 짐작할 수 없는 방식으로 운명은 되풀이되지만, 그 역사를 이루는 세포도 결국 우리 인간이라는 깨달음 또한 오롯하다. 누군가는 단순한 허기 때문에, 누군가는 정욕과 관능으로, 누군가는 정치적인 목적으로. 저마다의 욕망을 품은 채 이어지고 갈라지며 충돌하는 다양한 인물들의 모습은 삶이라는 근본적인 주제에 대한 수많은 질문과 답을 동시에 남긴다. 김주혜가 그려내는 이 땅과 이 땅의 역사는 우리가 익히 아는 것처럼, 혹은 그보다도 더욱 아름답고 고통스럽다. 스스로를 사냥꾼이자 사냥감으로 인식하는 포수처럼, 한국계 작가의 담담하고도 예리한 필치는 이방인과 원주민의 시선을 아우르며 경이를 자아낸다. 이것은 먼 나라에서 도래한 우리 이야기이고, 새로운 정통의 출현을 알리는 신호탄이다. 이토록 충격적인 축복에 감사드린다.

– 박서련(『체공녀 강주룡』 저자)

©Jack Lee

김주혜 한국계 미국인 소설가이자 친환경 생활과 생태문학을 다루는 온라인 잡지《피스폴 덤플링》의 편집장. 2016년 영국 문학잡지《그란타》에 단편소설「보디랭귀지Body Language」를 발표하며 작품 활동을 시작.《인디펜던트》를 비롯한 여러 매체에 소설과 수필, 비평 등을 기고. 비영리 단체인 한국범보전기금 홍보대사로 활동하며 한반도 야생의 호랑이와 표범을 복원하는 일 지원.

2024 톨스토이 문학상 수상작!
잊어선 안 될 우리 역사를 전 세계에 알린 소설

– 김주혜 『작은 땅의 야수들』(다산책방)

"한국 독립의 상징인 호랑이가 등장하는 이 작품은
위대한 미래를 앞두고 있다."

대한민국의 위상을 높인 가장 한국적이고 가장 세계적인 이야기.

한국이라는 작은 땅의 역사를 장대한 스케일로 펼쳐낸 『작은 땅의 야수들』은 2021년 영미권에서 처음 출간되어 전 세계 독자에게 한국의 역사를 알리는 계기를 마련했다. 영미 40여 개 매체에서 극찬을 받고, 14개국에 판권이 팔려 나간 이 작품은 2022년, 세계 평화에 기여하는 문학 작품에 수여하는 '데이턴문학평화상' 최종 후보에 올랐다. 한국어판이 출간된 직후에는 영상화 판권이 팔려 시리즈로 제작될 예정이다. 한국어판은 국내에서 출간 즉시 베스트셀러에 올랐다. 특히 국내 독자들은 번역 소설이라고는 믿지 못할 만큼 한국의 고유한 정서를 제대로 표현했다고 평하며 다른 언어로는 적확하게 표현할 수 없는 모국어 판본만의 아름다움에 감탄했다. 그리고 2024년 마침내 러시아 3대 문학상인 '야스나야 폴랴나상'을 수상하게 되었다. 일명 톨스토이 문학상으로 불리는 야스나야 폴랴나상 Yasnaya Polyana Prize은 세계적인 대문호 톨스토이의 휴머니즘과 문학성을 기리고 러시아 문학의 발전을 장려하기 위해 설립된 상이다. 2003년부터 삼성전자의 후원으로 시작됐으며 현재 러시아 최고 권

위의 문학상으로 평가받고 있다. 후보에는 노벨문학상 수상자인 올가 토카르추크도 포함되었다. 한국 작가 중에서는 한강, 김애란, 정이현 작가가 후보에 오른 적이 있지만 수상은 불발되었는데, 드디어 올해 김주혜 작가가 이름을 올리게 되었다. 역대 수상자로는 위화, 줄리언 반스, 오르한 파묵 등이 있다.

> "톨스토이와 도스토예프스키라는 두 산맥 사이에서 자란 러시아 사람들은 러시아 문학 외에는 진정한 문학이 없다고 흔히 생각하지만, 그것은 잘못된 생각이고 뛰어난 문학 작품은 어디나 존재한다. 야스나야 폴랴나상은 러시아 문학과 번역된 문학을 매년 뽑으며 전 세계 문학의 흐름을 보여준다. 또한, 젊은 한국 작가의 작품 『작은 땅의 야수들』에 대해 몇 마디 하겠다. 여기에는 짐승들이 있다. 그중 호랑이는 한국 독립의 상징이다. 나는 이 작품을 알렉시 톨스토이의 『갈보리로 가는 길』에 비교하겠다. 정말 잘 쓰였고, 투명하고 성숙한, 젊은 작가로는 놀라운 작품이다. 내가 생각할 때 이 작품은 위대한 미래를 앞두고 있다."
>
> _파벨 바신스키(톨스토이문학상 심사위원)

수상자 발표를 앞두고 모스크바에서 열린 기자회견에서 톨스토이문학상의 심사위원이자 작가인 파벨 바신스키는 『작은 땅의 야수들』을 특별히 언급했다. 이에 저자 김주혜는 "우리의 유산인 호랑이를 한국 독립의 상징이라고 세계적으로 알린 기회가 된 것 같고, 더 넓게는 우리 문화와 역사의 긍지를 높일 수 있었던 것 같다"고 소감을 밝혔다. 도약과 동시에 세계적인 쾌거를 이룩한 김주혜의 문학이 도달할 지점은 어디일지, 그 힘찬 여정은 곧 한국 문학의 미래일 것이다.

**"이것은 우리에게 너무나 잘 알려진,
그러나 더 널리 알려져야 할 이야기다."**

『작은 땅의 야수들』은 한국계 미국인 작가 김주혜가 자기 정체성의 '씨앗'을 찾아 거슬러 내려간, 필연적으로 그의 첫 소설이 될 수밖에 없었던 이야기다. 어린 시절 어머니로부터 독립운동을 도왔던 외할아버지의 이야기를 듣고 자란 저자에게 한국의 독립운동과 근대사는 고리타분한 역사가 아니라 현실의 한 부분이었다. 이러한 가족 내력이 있기에 저자는 한국의 역사를 삶의 한 부분으로 자연스럽게 인식했다. 그의 조부 시절로만 거슬러 올라가도 한반도는 왜적을 피로 물리쳤으며, 야수들은 아직 분단되지 않은 남과 북의 영토를 넘나들었다. 저자는 이렇게 가까운 한국의 역사를 전 세계 독자에게 알리고 싶었고, 나아가 소설 속 인물들을 통해 우리가 어떻게 의미 있는 삶을 살 수 있는지 보여주고자 했다.

『작은 땅의 야수들』에는 온갖 인간 군상이 보인다. 모두 지난 수십 년간 이어져 왔던 대한민국의 독립 투쟁과 그 격동의 세월 속에 휘말려 살아갔던 사람들이다. 다양한 등장인물을 통해 인류를 하나로 묶어줄 사랑과 공감, 연민 등의 가치를 일깨우기 위함이다. 저자는 "단지 지금으로부터 백 년쯤 전, 여기서 멀리 떨어진 작은 땅에서 살았던 한국인들에 관한 이야기일 뿐 아니라, 전반적으로 인류 전체의 인간성에 관한 이야기라고 생각하며 썼다"고 말한 바 있다.

"한국인으로 태어난 우리는
작은 땅의 야수들이다."

"호랑이만큼은 정말이지 놓치고 싶지 않아. 일본에는 그처럼 사나운 맹수가 없거든. 영토로 따지면 우리가 훨씬 더 큰 나라인데도 말이야. 이 작은 땅에서 어떻게 그리도 거대한 야수들이 번성할 수 있었는지 신비로울 따름이야."

_본문에서

프롤로그에서 등장하는 호랑이는 그 존재 자체로 긴장감을 준다. 두려움의 대상이자 은혜를 갚는 호랑이의 에피소드로 소설은 시작되는데, 이 강렬한 첫 장면이 소설 전체를 감싸는 듯하다. '작은 땅의 야수들'이라는 소설의 제목에서 의도한 바와 같이 소설 속에서 호랑이는 중요한 상징성을 띈다. 호랑이는 일제강점기 때 독립운동의 상징으로 대한민국 국민의 사기를 북돋아 주었다. 그 때문에 당시 일본은 우리 민족의 정신을 말살하기 위한 일환으로 호랑이 사냥을 했다. 작은 땅덩이인 한반도에서 오천 년이라는 긴 세월 동안 호랑이 같은 맹수가 인간과 공존하며 살 수 있었던 것은 우리 민족의 자연에 대한 경의와 애정에서 비롯된 것이라고 저자는 말한다. 참혹했던 시대를 견디고 살아남은 한국인의 기개를 호랑이라는 짐승을 통해 지금 우리에게 다시 한번 일깨우는 소설이다.

–출판사 서평(다산책방)에서

최은영

그러니 최은영의 인물들이 특별히 더 작고 연약하게 느껴진다고 할 게 아니라 우리 모두에게 있는 작고 연약한 면을 최은영의 소설이 기민하게 포착할 줄 안다고 해야 할 것이다. 작아지고 연약해진 덕분에 연결된 타인을 통해 영향을 받고, 변화할 용기를 내는 사람들에 관한 이야기를 하는 것이라고. 최은영의 화자들 중 결말에 이르러 바뀌지 않는 인물은 거의 없다. 최은영의 인물들은 약자로서의 자기 자신을 재확인하는 자리가 아닌 스스로를 성찰하기를 망설이지 않음으로써 회복하는 자리에 있고자 한다. 소란으로 가득찬 침묵 속에서, 각각의 존재가 품고 있던 목소리의 빛깔을 찾아주는 방식으로 최은영은 회복하는 이야기를 쓴다.

—양경언(문학평론가)

최 은 영 2013년《작가세계》신인상을 수상하며 작품활동을 시작. 소설집『쇼코의 미소』『내게 무해한 사람』, 장편소설『밝은 밤』, 짧은 소설『애쓰지 않아도』가 있음. 허균문학작가상, 김준성문학상, 구상문학상 젊은작가상, 이해조소설문학상, 한국일보문학상, 대산문학상, 제5회, 제8회, 제11회 젊은작가상 수상.

스스로의 몫을 고민하며 온 마음으로 써내려가는 7편의 긴 편지

– 최은영 『아주 희미한 빛으로도』(문학동네)

사람 사이의 관계를 그리는 데 특출한 감각을 발휘하는 최은영의 소설은 특히 관계가 시작되는 순간과 부서지는 순간을 포착하는 데, 더 정확히는 무엇이 관계를 어그러뜨렸는지 치열하게 들여다보는 데 능하다. 이번 소설집의 특징 중 하나는 그러한 관계의 양상을 사회적 문제와의 연관 속에서 헤아린다는 점이다.

「일 년」은 화자인 '지수'가 3년 차 사원이었을 때 계약직 인턴으로 입사한 동갑내기 '다희'와 함께 보낸 1년의 시간을 따라간다. 정규직 사원과 계약직 인턴이라는 차이에도 불구하고 두 사람은 함께 카풀을 하며 공사장을 오가는 동안 어디서도 한 적 없는 진실된 대화를 나눈다. 그 대화를 통해서만 "제 모습을 드러내던 마음"(123쪽)이 있었지만, 두 사람의 다른 처지는 예상치 못한 순간 관계에 균열을 내고 둘은 서로에게 솔직해지지 못한 채 헤어지고 만다. 그러나 소설은 여기에서 한 발 더 나아가 그로부터 8년이 지난 후 두 사람이 우연히 마주치는 상황을 마련해놓는다. 중요한 점은 이 짧은 마주침이 두 사람이 다시 관계를 시작하는 산뜻한 계기가 되는 게 아니라, 그 1년의 시간이 서로에게 어떤 의미를 갖는지 솔직하게 돌아보는 시간으로 작용한다는 것이다.

「아주 희미한 빛으로도」가 집중해 그리는 것도 그런 복잡한 어긋남과 화해의 과정이다. 은행에서 일하다가 뒤늦게 대학교 영문과에

편입한 스물일곱 살의 '희원'은 "무채색 계열의 옷을 입고 한국어 억양이 강한 영어로 또박또박 자기 생각을 말하는"(10쪽) 젊은 강사인 '그녀'에게 매료된다. 희원은 지적인 자극을 주는 그녀의 수업을 통해 자신의 글이 다른 사람의 시선을 신경쓰는 '안전한 글쓰기'가 아니었는지 깊이 되돌아보게 되고, 조금 더 진지하고 용기 있게 글쓰기에 다가가게 된다. 그러나 대학원에 진학하고 싶다고 말하는 자신에게 "공부는 대학원 아닌 곳에서도 할 수 있는 거, 희원씨도 알죠"(37쪽)라고 이야기하는 그녀의 대답에 희원은 상처를 받고 그녀의 자존심을 건드리는 말을 뱉어버린다. 그녀가 어떤 마음으로 자신에게 그렇게 말했는지 희원이 어림해보게 되는 것은, 시간이 흘러 자신이 그녀와 마찬가지로 젊은 강사가 되고 나서이다. 그녀를 떠올리며 희원이 "비록 동의할 수 없지만, 이해할 수는 있는 마음이라고 지금의 나는 생각한다"며 "나도, 더 가보고 싶었던 것뿐이었다./어쩌면 그때의 나는 막연하게나마 그녀를 따라가고 싶었던 것 같다"(43쪽)라고 담담히 고백할 때, 우리는 희원과 그녀 사이에 이어져 있는 희미한, 그러나 분명한 빛을 보게 된다.

같은 여성이라는 조건만으로 연대나 화해가 쉽게 이루어지지는 않음을 인정하고 여성문제의 복잡함을 살피는 「몫」의 문제의식은 「답신」에서도 이어진다. 수록작 가운데 가장 온도가 높은 이 소설은 '나'가 더이상 만날 수 없게 된 언니의 딸에게 보내는 편지 형식으로 이루어져 있다. '나'는 왜 언니가 아닌 조카에게 편지를 쓰는 걸까. '나'는 왜 더는 언니와 조카를 만날 수 없게 된 걸까. 그런 궁금증을 안고 소설을 읽어내려가면서 우리가 맞닥뜨리게 되는 것은 개인의 의지만으로는 어찌할 수 없어 보일 만큼 완강한 폭력이다.

후반부에 나란히 배치된 세 편의 소설 「파종」 「이모에게」 「사라지는, 사라지지 않는」은 흔히 '정상가족'이라 여겨지는 것과는 다른 가족의 모습을 보여준다. 일찍 돌아가신 엄마를 대신해 자신을 보살펴준 오빠의 사랑을 뒤늦게 깨닫는 동생의 이야기인 「파종」은 삶에 대한 오빠의 태도와 그가 남긴 사랑을 은유하는 공간인 '텃밭'을 배경으로 남매가 나눈 마음을 섬세하게 담아낸다. 「이모에게」는 제목에서 짐작할 수 있듯 '나'가 어린 시절의 대부분을 함께 보낸 이모를 떠올리며 써내려가는 이야기이다.

「파종」이 남매를, 「이모에게」가 이모와 조카를 다룬다면 「사라지는, 사라지지 않는」은 가장 복잡하면서 어려운 모녀 관계를 긴 호흡으로 살핀다. 육십대 여성인 '기남'은 홍콩에 살고 있는 작은딸 '우경'을 만나기 위해 짧은 여행을 떠난다. 여행에서 기남이 새삼 실감하는 것은 자신과 우경 사이에 놓인 보이지 않는 선이지만, 그런 기남에게 뜻밖에 위안이 되는 존재는 바로 일곱 살의 손자 '마이클'이다. 마이클은 오랜만에 만난 기남의 관심을 끌려고 분주히 움직이는 한편으로, 맑은 표정으로 기남에게 예상치 못한 말을 던지기도 한다. 기남은 우경과 마이클과 함께 홍콩 시내로 나들이를 갔다가 실수를 저지르고, 자신 때문에 가라앉은 분위기 속에서 집에 돌아온 기남은 그동안의 삶을 되돌아보다 불현듯 부끄러움을 느낀다. 그런데 그런 기남의 곁에 마이클이 다가와 앉더니 마치 기남의 마음을 읽기라도 한 듯 이렇게 말한다. "부끄러워도 돼요. 부끄러운 건 귀여워요."(318쪽)라고.

"마이클은 다정하구나."
"맞아요. 엄마가 그랬어요. 마이클은 너무 다정해. 한국 할머니처럼."
"정말?"
"근데 너무 다정하면 안 된대요."

마이클이 잠시 기남을 보다 말을 이었다.

"너무 다정한 건 나쁜 거래요."

따뜻한 통증이 기남의 등과 배에 퍼져나갔다. 기남은 마이클의 머리칼을 쓰다듬으면서 가만히 고개를 끄덕였다. 마이클은 자신을 몰랐고 자신이 살아온 시간을 몰랐다. 하지만 그 순간, 자신에 대해 아무것도 모르는 그애가 오히려 자신보다 자신을 더 많이 이해하고 있는 것처럼 느껴진 건 무슨 이유였을까. 부끄러워도 돼요. 기남은 그 말을 믿을 수 없었다. 한 번도 기대하지 않았던 말. 기남은 그 말을 잊을 수 없으리라고 생각했다.(319쪽)

마이클의 말에 기남이 느끼는 '따뜻한 통증'은 최은영의 소설을 읽는 동안 우리 안에 퍼져나가는 감정과도 같다. 상처가 정확하게 건드려질 때, 잘 모르는 누군가가 자신을 깊이 이해하고 있는 것처럼 여겨질 때, 그래서 그 순간을 잊을 수 없으리라고 예감하게 될 때, 우리는 자신과 상대가 긴밀하게 연결되어 있음을 알아차리게 된다. 관계 안에서, 사회 안에서 무엇과도 무관한 채 서 있을 수 없는 우리의 존재. 그간 빛나는 작품들을 선보여온 최은영이 자신의 글쓰기를 끊임없이 점검하며 이번 소설집에 또렷이 새겨넣은 것은 바로 그러한 우리의 모습일 것이다.

—출판사 서평(문학동네)에서

최진영

열일곱 살부터 나에게는 나무 친구가 있었습니다. 첫 친구는 다른 가로수보다 줄기는 가늘고 키가 작았던 은행나무. 학교에 가려고 버스를 기다릴 때마다 그 나무 옆에 서서 마음으로 이야기를 건넸어요. 보통 시시한 이야기였지만 때로는 아무에게도 말할 수 없는 비밀을 털어놓기도했습니다. 집에서 식물 영양제를 가지고 나와 밑동에 꽂아주기도 했습니다. 그 나무는 잘 있을까요. 사람이 뽑거나 베어내지 않았다면 아마 키가 많이 자랐겠지요.

(……)

10여 년간 붙들고 지낸 여러 질문이 있습니다. 반복적으로 쓴 문장과 단어가 있습니다. 소설을 쓰면서 답을 찾고 싶었습니다. 답을 찾지는 못했습니다. 이제 겨우 질문을 이해했을 뿐입니다. 내가 계속 묻던 것은 알고 싶지 않은 것이었어요. 모른 채 살고 싶은 것. 답을 알게 될까 두렵습니다. 풀지 못한 문제로 남겨두고 다른 질문으로 나아가고 싶습니다.

–「작가의 말」 중에서

ⓒ김승범

최 진 영 2006년《실천문학》신인상을 받으며 작품활동 시작. 장편소설『당신 옆을 스쳐간 그 소녀의 이름은』『끝나지 않는 노래』『구의 증명』『해가 지는 곳으로』『이제야 언니에게』『내가 되는 꿈』『단 한 사람』『원도』, 소설집『팽이』『겨울방학』『일주일』『쓰게 될 것』, 짧은 소설『비상문』『오로라』, 산문집『어떤 비밀』등이 있음. 이상문학상, 만해문학상, 백신애문학상, 신동엽문학상, 한겨레문학상 수상.

삶과 죽음, 신과 인간의 틈에서 피어나는 최진영식 사랑의 세계

– 최진영 『단 한 사람』(한겨레)

2006년 《실천문학》으로 작품 활동을 시작한 이래 2010년 첫 장편소설 『당신 옆을 스쳐간 그 소녀의 이름은』으로 한겨레문학상을 받으며 이름을 알린 지 10여 년. 지독한 비관의 세계에서 시작한 그는 "등단 이후 10여 년간 한결같은 걸음걸이로 걸어온 작가의 작품 세계가 마침내 새로운 경지로 들어섰음을 보여준다. 눈이 부시다"(소설가 윤대녕)라는 평을 받기에 이른다. 불멸하는 사랑의 가치를 탁월하게 담아낸 『구의 증명』, 정체 모를 바이러스가 전 세계를 뒤덮은 혼란의 시기를 배경으로 한 아포칼립스 소설 『해가 지는 곳으로』, 성폭력 피해생존자의 내밀한 의식과 현실을 정면으로 주파한 『이제야 언니에게』 등 발표하는 작품마다 거침없는 서사와 긴 여운을 남기는 서정으로 그만의 세계를 공고히 했다. 상실을 경험한 여성, 학대 가정에서 자라난 소녀, 비정규직 청년 등 폭력과 고통의 어두운 현실을 직시하면서도 따스한 진심을 담으려 한 그의 이야기는 내내 주목받고 신뢰받았다. 그럼에도 어떠한 동요 없이 어떠한 소비 없이 묵묵히 쓰기를 계속해온 작가. "쓰다 보면 견딜 수 있다"라는 그의 말은 "최진영은 끝까지 우리 삶의 전부를 써낼 것이다"(소설가 황현진)라는 말로 통한다.

이런 그가 2년여 만에 발표하는 신작 장편소설 『단 한 사람』으로 한발 더 나아갔다. 지구에서 가장 키가 크고 오래 사는 생물, 수천 년

무성한 나무의 생 가운데 이파리 한 장만큼을 빌려 죽을 위기에 처한 단 한 명만 살릴 수 있는, 나무와 인간 사이 '수명 중개인'의 이야기다.

목화가 열여섯이 되던 봄, 꿈인 듯 눈앞으로 투신의 장면들이 펼쳐진다. 그 죽음을 목도하다가 목소리를 듣는다. 가서 그를 구하라는 말. 망설이다가 목화는 달려간다. 열기와 함께 사뿐 내려앉는다. 그는 조금의 부상만 입은 채 살아난다. 어안이 벙벙했지만 재차 그 세계로 '소환'되고 나서야 이 일이 꿈이 아님을 안다. 깨어나 우는 목화를 보고 엄마인 장미수는 알 수 없는 말을 남긴다. 차라리 금화이길 바랐는데. 장미수는 열다섯부터 사람을 구했던 것. 장미수에게는 구할 수 없는 너무 많은 죽음에 비해 살릴 수 있는 단 한 사람은 '겨우'에 불과했다. 패배감과 무력감에 신을 저주한 장미수와 달리, 할머니 임천자는 단 한 사람이라도 구할 수 있다는 사실에 의미를 둔다. 목화는 첫 소환에서부터 "둘이었다가 하나가 된 나무"의 존재를 느낀다. 의심과 반항과 시험도 있었지만"무성한 생에서 나뭇잎 한 장만큼의 시간을 떼어 죽어가는 인간을 되살리는 존재"인 '중개인'의 정체성을 체화해간다. 소환하는 그 나무를 잘 알고 싶어 목공소에서 일한다. 그러던 중 일화의 딸인 루나의 자살을 막게 되고 중개 때 목화를 봤다는 루나의 말에 놀라 그가 이제껏 살린 '단 한 사람들'을 찾아가보기로 한다. 살아난 사람들이 어떻게 살고 있는지 평범한 그들의 일상을 확인하는 과정을 통해 타인의 삶과 죽음에 판단을 멈춘다. 그리고 자발적으로 "마음을 다해 명복과 축복을 전하는 일. 죽어가는 사람과 살아난 사람의 미래를 기원하는 일"을 한다. 임천자의 평온한 죽음 이후, 목화는 단 한 사람을 살리는 일의 의미를 스스로 구한 것이다. 한 번뿐인 삶, 다시없을 오늘을 사는 한 존재, 그것은 신도 나무도 범접하지 못하는 오직 인간의 묶임을 깨닫는다.

> 그러나 삶은 고통이자 환희. 인류가 폭우라면 한 사람은 빗방울, 폭설의 눈송이, 해변의 모래알. 아무도 눈이나 비라고 부르지 않는 단 하나의 그것은, 보이지 않지만 분명 존재하는 그것은 금세 마르거나 녹아버린다. 순식간에 사라져버린다. 어쩌면 그저 알려주고 싶었을지도 모른다. 내가 너를 보고 있다고. 생명체라는 전체가 아니라, 인류라는 종이 아니라 오직 너라는 한 존재를 바라보고 있다고. _본문에서

엄청난 수령의 나무는 "인간의 어리석음을, 악행을, 나약함을, 순수함을, 서로를 돕고 아끼는 모습을, 사랑하고 기도하다 어느 날 문득 사라져버리는 찰나의 삶을"('작가의 말'에서) 다 보았을 거라고 작가는 말한다. 나무의 눈에서 보자면 인간은 순간을 사는 존재일 뿐이라고. 압도적인 자연의 스케일 가운데서 인간이란 미약하지만 그 '단 한 명'들의 낱낱은 결코 가볍지 않다는 것 또한 이야기하고 싶었던 듯하다. 목화가 중개에서 깨어난 뒤 장소를 유추해 죽은 자들의 마지막 자리를 찾아가보는 장면이 그것이다. 어떤 이는 새벽 가로등 빛이 닿는 건물 입구 계단 벽에 기대어 홀로 죽었다. 어떤 이는 늦은 밤 갓길에 세운 자동차 안에서 쪽잠을 자다가 세상을 떠났다. 어떤 이는 이른 새벽 눈을 떠 옆에 누운 반백 년 넘게 함께한 얼굴을 한번 보고 편안한 잠 속에서 심장이 멈췄다. 사고 현장 혹은 폭력 속에서 사라진 원통한 죽음과 충분히 생을 누려 되살리지 않아도 좋을 죽음 등등 그 모든 마지막을 목화가 끝까지 보았다. 죽은 자가 한 대로 건물 계단에 잠시 기대었다가 떠날 때 생수 한 통을 남겨두고 오는 목화의 발걸음에서 가까스로 살아가는 인간을 향한 작가의 애정을 확인할 수 있다.

그리고 이제 작가가 부려놓은 이 세계를 통해 독자는 다시 한번 생각하게 된다. 하나의 그릇에 담긴 나의 삶과 죽음을 어떻게 마주할 것인가. 어떻게 사랑할 것인가. 단 한 사람으로서.

목화는 그들의 마지막을 기억했으며 그와 같은 죽음을 원했다. 그러므로 남김없이 슬퍼할 것이다. 마음껏 그리워할 것이다. 사소한 기쁨을 누릴 것이다. 후회 없이 사랑할 것이다. 그것은 목화가 원하는 삶. 둘이었다가 하나가 된 나무처럼 삶과 죽음 또한 나눌 수 없었다. _본문에서

—출판사 서평(한겨레출판)에서

【 '작가'가 선정한 오늘의 소설 】 시리즈

2004 '작가'가 선정한 오늘의 소설 _ 정지아 外

기획위원 / 문흥술 방민호 백지연 신국판 / 값 9,500원

이윤기_알타이아의 장작개비 / 김남일_사북장 여관 / 정지아_행복 / 공선옥_영희는 언제 우는가 / 한창훈_바위 끝 새 단편 / 김연수_쉽게 끝나지 않을 것 같은, 농담 / 오수연_달이 온다 / 정미경_달은 스스로 빛나지 않는다

2005 '작가'가 선정한 오늘의 소설 _ 박민규 外

기획위원 / 문흥술 방민호 백지연 신국판 / 값 9,500원

박민규_그렇습니까? 기린입니다 / 김연수_부넝쒀(不能說) / 김재영_코끼리 / 박범신_감자꽃 필 때 / 이현수_집사의 사랑 / 전성태_사형(私刑) / 정미경_무화과 나무 아래 / 정이현_위험한 독신녀

2006 '작가'가 선정한 오늘의 소설 _ 공선옥 外

기획위원 / 박철화 방민호 정혜경 신국판 / 값 9,500원

공선옥_명랑한 밤길 / 김경욱_맥도널드 사수 대작전 / 김애란_베타별이 자오선을 지나갈 때, 내게 / 김종광_낭만 삼겹살 / 김중혁_에스키모, 여기가 끝이야 / 이기호_수인 / 전성태_강을 건너는 사람들 / 정이현_그 남자의 리허설 / 정지아_소멸 / 한창훈_나는 여기가 좋다

2007 '작가'가 선정한 오늘의 소설 _ 박완서 外

기획위원 / 박철화 방민호 정혜경 신국판 / 값 10,000원

박완서_친절한 복희씨 / 전성태_목란식당 / 정미경_내 아들의 연인 / 천운영_후에 / 박민규_굿바이, 제플린 / 김애란_성탄특선

2008 '작가'가 선정한 오늘의 소설 _ 윤이형 外

기획위원 / 류보선 방민호 김미정 신국판 / 값 10,000원

윤이형_큰 늑대 파랑 / 권여선_당신은 손에 잡힐 듯 / 김경욱_혁명 기념일 / 김연수_모두에게 복된 새해 / 김이은_지진의 시대 / 박민규_크로만, 운 / 성석제_여행 / 정미경_너를 사랑해 / 황정은_곡도와 살고 있다

2009 '작가'가 선정한 오늘의 소설 _ 김연수 外

기획위원 / 류보선 방민호 소영현 신국판 / 값 10,000원

김연수_케이케이의 이름을 불러봤어 / 김애란_큐티클 / 김태용_쓸개 / 박민규_龍龍龍龍 / 윤이형_스카이워커 / 이장욱_고백의 제왕 / 최인석_스페인 난민수용소 / 한유주_재의 수요일

2010 '작가'가 선정한 오늘의 소설 _ 이장욱 外

기획위원 / 방민호 이재복 조연정 신국판 / 값 10,000원

이장욱_변희봉 / 김 숨_간과 쓸개 / 김애란_벌레들 / 김중혁_유리의 도시 / 배수아_무종 / 신경숙_세상 끝의 신발 / 편혜영_통조림공장

2011 '작가'가 선정한 오늘의 소설 _ 박형서 外

기획위원 / 방민호 이재복 이경재 신국판 / 값 12,000원

박형서_자정의 픽션 / 공선옥_설운 사나이 / 구병모_학문의 힘 / 권여선_팔도 기획 / 김서령_어디로 갈까요 / 손홍규_마르께스주의자의 사전 / 임철우_월녀 / 전성태_망향의 집 / 편혜영_서쪽으로 4센티미터

2012 '작가'가 선정한 오늘의 소설 _ 박형서 外

기획위원 / 방민호 이재복 이경재 신국판 / 값 12,000원

박형서_아르판 / 편혜영_개들의 예감 / 김사과_더 나쁜 쪽으로 / 박민규_로드 킬 / 윤후명_오감도로 가는 길 / 조 현_은하수를 건너 / 김경욱_인생은 아름다워 / 정미경_파견근무

2013 '작가'가 선정한 오늘의 소설 _ 김애란 「하루의 축」

기획위원 / 방민호 이재복 이경재

2020 '작가'가 선정한 오늘의 소설 _ 조해진 外

기획위원 / 방민호 김민정 허희 신국판 / 값 15,000원

조해진_완벽한 생애 / 강화길_음복 / 김애란_숲속 작은 집 / 김종광_성님들 / 장강명_한강의 인어와 청어들 / 장류진_연수 / 최은영_아주 희미한 빛으로도

2021 '작가'가 선정한 오늘의 소설 _ 은희경 「장미의 이름은 장미」

기획위원 / 방민호 김민정 허희

2022 '작가'가 선정한 오늘의 소설 _ 김초엽 「방금 떠나온 세계」

기획위원 / 방민호 김민정 허희

2024 '작가'가 선정한 오늘의 소설 _ 최진영 「인간의 쓸모」

기획위원 / 방민호 강유정 허희 신국판 / 값 15,000원

【 '작가'가 선정한 오늘의 시 】 시리즈

2002 '작가'가 선정한 오늘의 시&시조_ 고두현 「귀로」 外
기획위원 / 이우걸 장경렬 이경철 유성호 홍용희 김춘식 신국판 / 값 7,000원

2003 '작가'가 선정한 오늘의 시_ 신경림 「낙타」 外
기획위원 / 이지엽 맹문재 오형엽 신국판 / 값 8,000원

2004 '작가'가 선정한 오늘의 시_ 문태준 「맨발」 外
기획위원 / 문혜원 맹문재 유성호 신국판 / 값 8,000원

2005 '작가'가 선정한 오늘의 시_ 문태준 「가재미」 外
기획위원 / 문혜원 맹문재 유성호 신국판 / 값 8,000원

2006 '작가'가 선정한 오늘의 시_ 송찬호 「만년필」 外
기획위원 / 유성호 박수연 김수이 신국판 / 값 9,500원

2007 '작가'가 선정한 오늘의 시_ 김신용 「도장골 시편—넝쿨의 힘」 外
기획위원 / 유성호 박수연 김수이 신국판 / 값 10,000원

2008 '작가'가 선정한 오늘의 시_ 김경주 「무릎의 문양」 外
기획위원 / 이형권 유성호 오형엽 신국판 / 값 10,000원

2009 '작가'가 선정한 오늘의 시_ 송재학 「늪의 內簡體를 얻다」 外
기획위원 / 이형권 유성호 오형엽 신국판 / 값 10,000원

2010 '작가'가 선정한 오늘의 시_ 진은영 「오래된 이야기」 外
기획위원 / 유성호 홍용희 이경수 신국판 / 값 10,000원

2011 '작가'가 선정한 오늘의 시_ 심보선 「'나'라는 말」 外
기획위원 / 유성호 홍용희 함돈균 신국판 / 값 12,000원

2012 '작가'가 선정한 오늘의 시_ 안도현 「일기」 外
기획위원 / 유성호 홍용희 함돈균 신국판 / 값 12,000원

2013 '작가'가 선정한 오늘의 시_ 공광규 「담장을 허물다」 外
기획위원 / 유성호 홍용희 함돈균 신국판 / 값 12,000원

2014 '작가'가 선정한 오늘의 시 _ 이원 「애플 스토어」 外
기획위원 / 유성호 홍용희 함돈균 신국판 / 값 12,000원

2015 '작가'가 선정한 오늘의 시 _ 유홍준 「유골」 外
기획위원 / 유성호 홍용희 함돈균 신국판 / 값 14,000원

2016 '작가'가 선정한 오늘의 시 _ 박형준 「칠백만원」 外
기획위원 / 유성호 홍용희 함돈균 신국판 / 값 14,000원

2017 '작가'가 선정한 오늘의 시 _ 나희덕 「종이감옥」 外
기획위원 / 유성호 홍용희 나민애 신국판 / 값 14,000원

2018 '작가'가 선정한 오늘의 시 _ 신철규 「심장보다 높이」 外
기획위원 / 유성호 홍용희 함돈균 신국판 / 값 14,000원

2019 '작가'가 선정한 오늘의 시 _ 유계영 「미래는 공처럼」 外
기획위원 / 유성호 홍용희 나민애 전철희 신국판 / 값 14,000원

2020 '작가'가 선정한 오늘의 시 _ 안희연 「스페어」 外
기획위원 / 유성호 홍용희 함돈균 신국판 / 값 15,000원

2021 '작가'가 선정한 오늘의 시 _ 허연 「가여운 거리」
기획위원 / 유성호 홍용희 함돈균

2022 '작가'가 선정한 오늘의 시 _ 김민정 「반투명」
기획위원 / 유성호 홍용희 함돈균

2023 '작가'가 선정한 오늘의 시 _ 박소란 「숨」 外
기획위원 / 유성호 홍용희 허희 신국판 / 값 15,000원

2024 '작가'가 선정한 오늘의 시 _ 하재연 「여름 판타지」 外
기획위원 / 유성호 홍용희 허희 신국판 / 값 15,000원

【 '작가'가 선정한 오늘의 영화 】 시리즈

2006 '작가'가 선정한 오늘의 영화_ 이준익 감독 〈왕의남자〉 外
기획위원 / 강유정 김서영 강태규 신국판 / 값 9,500원

2007 '작가'가 선정한 오늘의 영화_ 김태용 감독 〈가족의 탄생〉 外
기획위원 / 강유정 이상용 황진미 신국판 / 값 9,500원

2008 '작가'가 선정한 오늘의 영화_ 이창동 감독 〈밀양〉 外
기획위원 / 유지나 강태규 설규주 신국판 / 값 10,000원

2009 '작가'가 선정한 오늘의 영화_ 장훈 감독 〈영화는 영화다〉 外
기획위원 / 유지나 전찬일 강태규 신국판 / 값 10,000원

2010 '작가'가 선정한 오늘의 영화_ 봉준호 감독 〈마더〉 外
기획위원 / 유지나 전찬일 강태규 신국판 / 값 10,000원

2011 '작가'가 선정한 오늘의 영화_ 이창동 감독 〈시〉 外
기획위원 / 유지나 전찬일 강태규 신국판 / 값 12,000원

2012 '작가'가 선정한 오늘의 영화_ 이한 감독 〈완득이〉 外
기획위원 / 유지나 전찬일 강태규 신국판 / 값 12,000원

2013 '작가'가 선정한 오늘의 영화_ 윤종빈 감독 〈범죄와의 전쟁 : 나쁜 놈들 전성시대〉 外
기획위원 / 유지나 전찬일 강유정 신국판 / 값 12,000원

2014 '작가'가 선정한 오늘의 영화_ 봉준호 감독 〈설국열차〉 外
기획위원 / 유지나 전찬일 강유정 신국판 / 값 12,000원

2015 '작가'가 선정한 오늘의 영화_ 2015 김한민 감독 〈명량〉 外
기획위원 / 전찬일 홍용희 이재복 강태규 손정순 신국판 / 값 14,000원

2016 '작가'가 선정한 오늘의 영화_ 류승완 감독 〈베테랑〉 外
기획위원 / 유지나 전찬일 이재복 강태규 손정순 신국판 / 값 14,000원

2017 '작가'가 선정한 오늘의 영화_ 이준익 감독 〈동주〉 外
기획위원 / 유지나 전찬일 손정순 신국판 / 값 14,000원

2018 '작가'가 선정한 오늘의 영화_ 김현석 감독 〈아이 캔 스피크〉 外
기획위원 / 유지나 전찬일 손정순 신국판 / 값 14,000원

2019 '작가'가 선정한 오늘의 영화_ 이창동 감독 〈버닝〉 外
기획위원 / 유지나 전찬일 손정순 신국판 / 값 14,000원

2020 '작가'가 선정한 오늘의 영화_ 봉준호 감독 〈기생충〉 外
기획위원 / 유지나 전찬일 손정순 신국판 / 값 15,000원

2021 '작가'가 선정한 오늘의 영화_ 우민호 감독 〈남산의 부장들〉
기획위원 / 유지나 전찬일 손정순

2022 '작가'가 선정한 오늘의 영화_ 류승완 감독 〈모가디슈〉
기획위원 / 유지나 전찬일 손정순

2023 '작가'가 선정한 오늘의 영화_ 박찬욱 감독 〈헤어질 결심〉 外
기획위원 / 강유정 유지나 전찬일 신국판 / 값 15,000원

2024 '작가'가 선정한 오늘의 영화_ 엄태화 감독 〈콘크리트 유토피아〉 外
기획위원 / 강유정 김민정 설재원 신국판 / 값 15,000원

2024 '작가'가 선정한 오늘의 소설

2024년 12월 10일 1판 1쇄 인쇄
2024년 12월 17일 1판 1쇄 발행

지은이 | 최진영 외
펴낸이 | 孫貞順
펴낸곳 | 도서출판 작가
서울 서대문구 북아현로6길 50 (03756)
전화 | 365-8111~2 팩스 | 365-8110
이메일 | cultura@cultura.co.kr
홈페이지 | www.cultura.co.kr
등록번호 | 제13-630호(2000. 2. 9.)

기획위원 | 방민호 강유정 허희
편집 | 손희 설재원 박영민
디자인 | 박근영 오경은 이동홍
영업 · 관리 | 이용승

ISBN 979-11-94366-15-7 (03810)

값 15,000원